每日二字

這樣用就對了！

淡江大學中國文學學系◉著

時報出版

序

淡江大學副校長——高柏園

語言文字是人類文化極為特殊的內容，亦是分別人與動物世界的重要判準之一。因為語言文字的發展，使人類文明得以累積、傳承、發展，甚至形成人類自身皆無法預料與控制的未來可能。正因為是人在使用語文，而且是不同時代、環境的人在使用語文，為使語文有效傳達意義，語文必然會因為時代之差異而有演變，這就說明了語文是一個發展中的活體，而不是一個已完成的古蹟。如果我們要相應地掌握語文，採取開放的心胸接受語文演變是必要條件之一。就此而言，新時代的新詞語應有一定之價值與意義。

另一方面，如果我們沒有語文的共識為基礎，則溝通將成為不可能，而新的詞語也無法產生。語文的傳統不必然是一種限制，但卻必然是一種基礎與支撐。這說明我們必須尊重傳統的地位。本書的目的並不在否定一般人對語文的特殊使用，例如青少年次文化便有許多特殊的詞語，一般而言，無傷大雅，甚至也是語文演化的一個過程。

本書只是希望將正確的使用方式介紹給大家，避免一些不必要的混淆與誤用。同時，也可以藉著對語文的精確掌握，呈現出一種文化的成熟與優雅。易言之，就算我們誤用了本書中所舉出的一些詞語，也不必然會造成溝通的阻礙，因為我們由上下文依然可以加以理解。問題是，語文畢竟有其共識與規則，正確的使用不僅是認真態度的表現，也是一種文化涵養的象徵，當然也可以避免一些不必要的誤解。

在此，我建議各位讀者以一種輕鬆的心情閱讀本書，即使發現自己誤用也不必緊張，因為我們已經修正了。但是在這個修正的過程中，我們也得到了文化的深化與反省，人文素養與氣質亦必然不同凡響。別忘了，正因為中文是我們的母語，所以更有責任表現它的優美與價值，這才是本書真正的用心所在。

說來驚奇，淡江大學中文系在書法大師張炳煌教授的籌劃下，與中華電視公司推出「每日一字」電視節目，為所有國民介紹中國文字之美，播出深受好評。其後，時報文化公司亦有感時下對中文詞語使用常有混淆，或有知其然而又不知其所以然之苦，因而商請淡江中文系合作出版本書，也算是對社會責任的承擔。

有鑑於此，淡江大學中文系張雙英主任、前主任崔成宗教授、張炳煌教授及筆者共組編撰團隊進行實際的編寫。此中，庶務工作悉由曾昱夫教授、李珮瑜老師負責，並由張主任率領研究生全力參與，使本書能順利與讀者見面。在此，我要感謝時報公司、中文系團隊的合作與努力，尤其要感謝張炳煌教授的督促與協助，使本書能如期完成，並且提供寶貴的書法作品，讓讀者有最充分有效的多元學習。

日新又新，止于至善，是我們追求的理想目標。本書雖已經團隊全力製作，然仍祈望讀者能提供更好的建議與指正，這不僅是團隊之幸，也是讀者之幸、文化之幸，是為序。

凡例

1、本書所收容易混淆的字組共一百組，字組順序悉依各篇篇首之字的注音符號排序。每一字組都標出「部首」、「筆畫」、「甲骨文」、「金文」、「小篆」、「隸書」、「楷書」、「行書」、「草書」、「簡體字」等字形。

2、本書所收字形，甲骨文、金文主要依據《甲骨文編》、《金文編》諸書之字體，擇一書寫；小篆依據許慎《說文解字》所收之篆書。若該字無甲骨文、金文或小篆字形文獻可資參考，則付之闕如。至於楷書，依據教育部頒布之標準字體，隸書、行書、草書則取資於張炳煌教授之e筆書法。所有字體皆由張炳煌教授以e筆書法寫定。

3、每篇居首之字，其字音兼注國語注音符號及漢語拼音，所注字音依據教育部國語推行委員會編纂之《重編國語辭典修訂本》。遇有一字多音者，則以容易造成混淆之音為主，其他音讀不予標注。

4、本書編列國語注音符號目錄、漢語拼音索引，以便讀者檢索。

5、本書附有光碟，其內容由張炳煌教授依e筆書法寫定各字組之各種書體。其中「楷書」字形之筆順，依據教育部「常用國字標準字體筆順學習網」網站所公布者為準。

國語注音符號目錄

搬 班

ㄅㄢ bān　ㄅㄢ bān

	班	搬	釜	斧
部首	玉	手	金	斤
筆畫	10	13	10	8
簡體字	班	搬	釜	斧

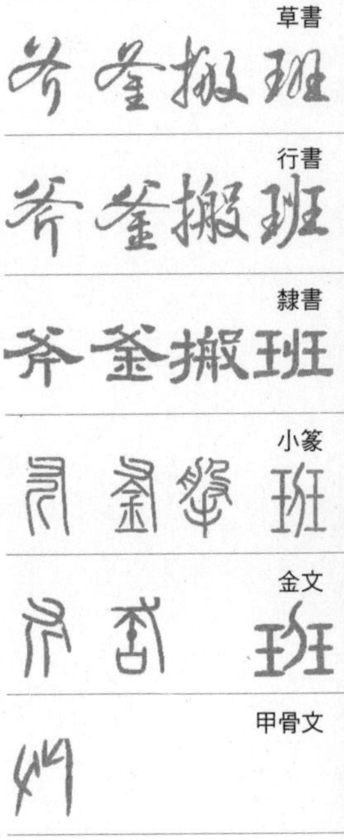

不要「~~搬~~」門弄斧，在關公面前耍大刀

✓這樣用就對了！

全球知名社交網站「臉書」（Facebook）具有將不同使用者加入自己「好友」的功能。對名人來說，被多少人加為好友，正是人氣高低的證明。一般人的好友數若能上千，已屬難得，可是這樣的數字，千萬別搬出來和好友數破千萬的人氣女王「女神卡卡」（Lady Gaga）比較，否則，就是**班門弄斧**了。

二〇一〇年二月，卡卡的好友數只有五百萬，和好友數有七百多萬的美國總統歐巴馬相比，還差一大截。但是到了七月初，卻產生戲劇性的變化，卡卡急起直追，和歐巴馬的好友數都突破九百萬。數日後，卡卡便超越歐巴馬，率先突破千萬大關。名人之間的人氣大戰，不管在現實或網路世界，都是眾所矚目的焦點。

斧 ㄈㄨˇ fǔ　釜 ㄈㄨˇ fǔ

○搞清楚弄明白

春秋末年，魯國有一個厲害的工匠魯班，從小就很會觀察周遭的事物，也喜歡動手製造器物，相傳鋸子就是他發明的。有一次他上山砍樹，手不小心被一種植物割傷，他仔細觀察植物的葉子，發現葉緣呈鋸齒狀，因而得到做鋸子的靈感。此外，魯班為了讓工藝製作過程更加迅速方便，便發明了許多工具，像墨斗（方便在木材上畫出直線）、橛（音ㄐㄩㄝˊ）子（刨木頭時頂住、固定木材，讓木匠獨自一人就可完成工作），讓後來的工匠方便許多！

據說古代的雲梯也是魯班所發明的，不過當時是為了攻城，而不是用來救火。《淮南子．脩務》說：「王曰：『公輸，天下之巧士，作雲梯之械，設以攻宋，曷為弗取！』」因為魯班在工藝上的傑出表現，後人就以他為工匠的祖師，尊稱他「巧聖先師」。成語「班門弄斧」中的「班」，指的就是魯班，意思是：在魯班的門前玩弄大斧簡直是不自量力，就像「關公面前耍大刀」一樣！

另外，像「斧」和「釜」也常被弄錯。「斧」指砍樹的工具，《說文解字》說：「斧，斫（音ㄓㄨㄛˊ）也。」斫就是砍削，「斧」常和「斤」並稱，都是用來砍東西的工具，《孟子．梁惠王上》說：「斧斤以時入山林。」這裡的「斧斤」就是砍樹的工具。

至於「釜」，則是古代的炊具，只是「釜」比較小，而「鍑」則比較大。《說文解字》說：「鬴（音ㄈㄨˇ）或从金，父聲。」而「鬴」，《說文解字》又解釋為「鍑屬也。」至於「鍑」，《說文解字》說是：「如釜而大口者。」這三者其實都是古代的金屬炊具，類似今天的鍋子。有句成語叫「破釜沉舟」，源自秦朝末年，當時很多人起兵反抗暴政，赫赫有名的項羽也是其中之一。

西元前二〇七年，項羽帶兵在鉅鹿（今河北平鄉西南）和秦軍打仗，為使士兵抱著必勝的決心，在渡河後，項羽命人打破炊具，弄沉渡船，斷絕士兵後退的念頭。後來，項羽的軍隊果真將士用命，贏得勝利。成語「破釜沉舟」便由此產生，引申有下定決心、義無反顧的意思。

所以，我們想想，如果真有人存心在巧匠魯班面前賣弄，應該是拿著工具大斧，而不是拿著鍋子，畢竟魯班是匠神，不是食神！

報 ㄅㄠˋ bào

抱 ㄅㄠˋ bào

部首：土　手

筆畫：12　8

簡體字：报　抱

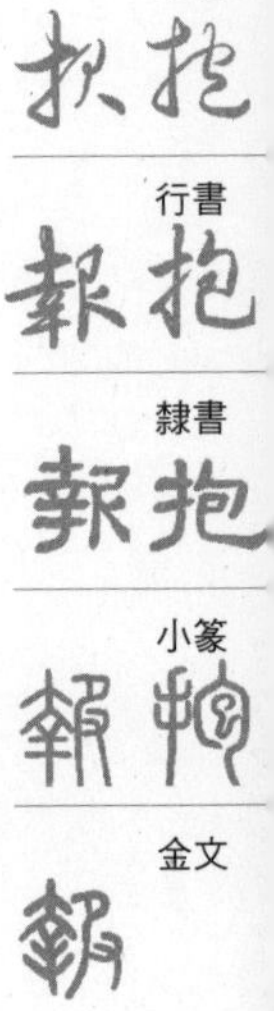

草書　行書　隸書　小篆　金文　甲骨文

遇到人生的挫折，千萬不要只是「報怨」

✓這樣用就對了！

全球金融海嘯導致經濟低迷，延伸的失業問題讓人愁眉苦臉，究竟我們該如何抵抗這股無所不在的負面能量？芬蘭人的做法是——把它唱出來！

兩名住在芬蘭首都赫爾辛基的藝術家，邀請市民寫下他們想**抱怨**的事物，並將之編成一首歌，籌組「抱怨合唱團」，公開演出這首「抱怨歌」，吸引許多民眾報名。原本予人負面聯想的抱怨行為，在運用趣味方式呈現後，不再僅是反映一種消極的生活態度，而是民眾對日常生活的價值觀，以及理想的追求。只要運用一點小創意，轉個念，負面情緒也可以發揮出正面的力量！

○搞清楚弄明白

「抱」這個字本來是「捊」，「捊」是指用手扒土或者用工具掘土的意思。《說文解字》記載：「抱，捊（音ㄆㄡˊ）或从包。」另外，《說文解字》還收錄了另外一個「褢」字，段玉裁注解《說文解字》時，補充說明：「後人用抱為褱褢（音ㄏㄨㄞˊ ㄅㄠˋ）字，蓋古今字之不同如此。」表示「懷抱」之意的字形，原本是寫作「褢」，只是後來「抱」字取代了「褢」，來表達相同的概念。

現今「抱」的用法大多是指用手做出包圍、合攏的動作，例如：擁抱、摟摟抱抱。此外，「抱」還包含兩層涵義，一是指懷藏在心，例如：抱怨、抱歉、抱負；二是指圍繞、環繞，例如：環抱。

至於「報」，從更早的金文字形來看，是取象於一個人被逮捕，並且被施以刑具的樣子，屬於會意字。《說文解字》則是這樣說的：「報，當辠（音ㄗㄨㄟˋ）人也。」所謂的「當辠人也」就是判處罪刑的意思。

現今「報」的用法大多指回應、回覆，例如：報答、報效、報應、報仇、報復、還報、以德報怨、知恩圖報等。

「抱」、「報」兩字因為讀音相同，使用上容易造成混淆。例如：「抱怨」、「報怨」該如何理解？「抱負」、「報復」各自意思為何？首先，「抱怨」原本是指「心懷怨恨」，但是現今多用來表達「向他人訴說內心怨恨」，這裡的「抱」是前文所說「懷藏在心」的概念。而「報怨」就是指「報仇」，兩者用法並不相同。

另外，「抱負」是說「內心懷藏的責任」，也就是人們心中所許下的「理想」、「志願」。而「報復」今日是指「報仇」、「予以反擊」的意思。「抱負」、「報復」兩詞雖然同音，但是用字、語意卻差之毫釐，失之千里。

唐代詩仙李白〈長干行〉一詩，以「常存抱柱信，豈上望夫臺」描寫一對自幼青梅竹馬的夫妻，少婦對丈夫至死不渝的愛。「常存抱柱信」的典故出自《莊子．盜跖》：「尾生與女子期於梁下，女子不來，水至不去，抱梁柱而死。」內容描述一位男子尾生，與心愛的女子相約在橋下相見，為了等待對方赴約，即使大水淹至，仍信守約定，不肯離去，最後抱著橋柱而溺死。時至今日，「抱柱信」一語，多被用來比喻堅守信約的意思。

蔽 ㄅㄧˋ bì　敝 ㄅㄧˋ bì

	蔽	敝
部首	艸	攴
筆畫	15	11
簡體字	蔽	敝

草書

行書

隸書

小篆

金文

甲骨文

浮雲「~~敝~~」日使人愁

✓這樣用就對了！

全球環境和氣候變遷，每下愈況，以往覺得和臺灣毫不相干的沙塵暴，近年來卻開始影響臺灣。由於中國對大西北地區的快速開發，導致土地沙漠化日益嚴重，沙塵透過高層氣流輸送到臺灣，狀況嚴重時，**塵沙蔽日**，臺北盆地上空一片灰濛濛的，宜蘭還曾因沙塵暴來襲，下起泥漿雨呢。

沙塵暴吹來的不只是沙，還會挾帶其所經過城市的細菌和汙染物，嚴重影響人體健康和動植物生態。很顯然的，人類享受全球化便利的同時，環境汙染問題也正在全球化，也因此，各國對於環境汙染的研究與防治心得，再也不能**敝帚自珍**，必須互通有無。因為汙染已不分國界，而且總在人們無預期狀況下發生。

○搞清楚弄明白

「敝」與「蔽」讀音相同且字形相似，因此容易混淆。「敝」字的本義是指衣服破敗、不堪使用的意思，許慎《說文解字》說：「敝，帗（音ㄈㄨˊ）也。一：曰敗衣。从攴从㡀。」其中的「㡀」，是指敗衣，而「攴」則是輕微碰觸、拉扯的意思。輕微拉扯一下就破掉了，可見這衣服已經破爛不堪，必須汰換。

「敝」字由本義可進一步引申為「破舊、破敗」，如「棄之如敝屣」。另外，「敝」也可用作自謙之詞，如「敝縣」、「敝鄉」、「敝姓」、「敝人」等。也由於「敝」字引申有「破敗」的意思，所以當解釋為「害處」或「流弊」時，可與「弊」字相通。

「蔽」字的本義指的是掩覆，後來則引申有遮掩、隱藏、屏障、阻撓、欺瞞的意思，如「遮蔽」、「蒙蔽」等詞語。

唐玄宗在位期間，長期安於太平、怠忽朝政，以致於小人坐大，不但積弊成禍，釀成安史之亂，也導致唐朝國勢自此由盛轉衰。李白眼見大唐江山日趨傾危，自己則有志難伸，不禁感慨良深，於是觸景傷懷，寫下〈登金陵鳳凰臺〉以表心跡。其中，著名詩句「總為浮雲能蔽日，長安不見使人愁」，膾炙人口。「總為浮雲能蔽日」一句中，「浮雲」指小人，「日」比喻國君。「浮雲蔽日」意謂奸佞小人蒙蔽了君主視聽，使得忠臣有志難伸。

「蔽」字也有「盡歸」、「包括」的意思。在《論語》裡，孔子曾說：「詩三百，一言以蔽之，曰：『思無邪。』」劉勰《文心雕龍．明詩》用此典故：「三百之蔽，義歸無邪。」至於《歧路燈》第三回述及童蒙教學時，提到了耐心與掌握方法的重要性：「只是教幼學之法，慢不得，急不得，鬆不得，緊不得，一言以蔽之，曰『難』而已。」由此可知，「一言以蔽之」就是「用精要的言辭來概括」的意思。

眨 貶

ㄓㄚˇ zhǎ　　ㄅㄧㄢˇ biǎn

	眨	貶
部首	目	貝
筆畫	10	12
簡體字	眨	贬
草書	眨	貶
行書	眨	貶
隸書	眨	貶
小篆	眨	貶
金文		
甲骨文		

殺人不「~~貶~~」眼？

✓這樣用就對了！

二〇一〇年由南非舉辦世界杯足球賽，該國的治安問題因而曝露在世人眼前。南非治安向來欠佳，當地居民幾乎都有遭到偷竊、搶劫的經驗，雖然南非政府花上重金加強世足警備，卻不斷傳出各國記者被搶的消息，連希臘隊球員都遭殃，令主辦國為此飽受**貶斥**。

不過，南非最令人驚恐的還是「入室搶劫」，即歹徒侵入住家搶奪財物；行搶者常是**殺人不眨眼**，凌虐、殺害受害者。這些性格凶殘的犯案者平均年齡只有二十出頭，他們通常從十二、三歲開始從小案子犯起，由於長年沒被抓，成年後便可能犯下大案，大多得等到被逮捕判刑，才明白自己造成的傷害。如何加強青少年人格教育，應是南非政府改善治安的治本之道。

○搞清楚弄明白

貶是損失的意思,《說文解字》說:「貶,損也。從貝,乏聲。」「眨」(ㄓㄚˇ),意思是「眼瞼一開一合」的樣子。在徐鉉(ㄒㄩㄢˋ)本的新附《說文》中說到,眨是「動目也。從目,乏聲。」但「乏」不只是一個聲音,看看《說文解字》對「乏」字的解釋,就可以更清楚為什麼「貶」和「眨」都與「乏」這個字形有關。

「乏」的古字形就是「正」倒過來的樣子,好像「正」跟「乏」背靠著背,由字形到字義,那就是「不正」的意思,進一步引申就是「缺乏」的意思。在《說文解字》裡的解釋是:「反『正』為『乏』。」把「正」這個字倒過來就是「乏」(乏)。段玉裁注解則說:「不正則為匱乏,二字相鄉背也,禮受矢者曰『正』,拒矢者曰『乏』。」所以「貶」就有了「降低」、「減少」、「給予低的評價」、「降職」等意思。「眨」就有「眼睛很快地一開一合」、「時間過得很快」等意思。

和「貶」有關的字詞,例如:「減低價值」稱為「貶值」;又例如:「批評他人的優、缺點」稱為「褒貶」。最有名的可算是孔子寫《春秋》時所運用的筆法被稱為「一字褒貶」,足以讓人警惕。又例如:「向下降職」稱為「貶謫」,有名的例子如韓愈向唐憲宗諫迎佛骨,結果皇帝氣得把韓愈貶謫到潮州去。

「眨」(ㄓㄚˇ)最有名的成語莫過於「殺人不眨眼」,表示「某人非常狠毒殘忍」。《水滸傳》講武松的哥哥武大,發現妻子潘金蓮與富豪西門慶有染,而被兩人毒死。潘金蓮謊稱丈夫是心臟病發過世,但武松並不相信,加上武大的鬼魂顯靈喊冤,令他決心查明真相。

故事的開始以處理屍體點出事有蹊蹺,當眾人看到武大死於非命,紛紛預言武松必定會為其兄復仇:「武大有個兄弟,便是前日景陽岡上打虎的武都頭,他是個殺人不眨眼的男子,倘或早晚歸來,此事必然要發。」後來武松果真找齊人證、物證,迫使西門慶說出真相,並殺了西門慶,為兄報仇,也還給武大遲來的正義。

固然現在應該運用司法解決這種問題,但是天理昭彰、諸惡莫為,才是這個故事背後最為人津津樂道之處。

篇 ㄆㄧㄢ piàn　遍 ㄅㄧㄢˋ biàn

	篇	遍
部首	竹	辵
筆畫	15	13
簡體字	篇	遍
草書	篇	遍
行書	篇	遍
隸書	篇	遍
小篆	篇	
金文		
甲骨文		

千「~~遍~~」一律，沒什麼變化

✓這樣用就對了！

連鎖店最大的競爭優勢，是裝潢、產品完全規格化、形象統一，消費者具有安全感，因為買到的商品，不會和心理期待有落差。但壞處則是，**千篇一律**毫無變化，沒有新鮮感。

有鑑於此，全球知名的星巴克咖啡在英國嘗試「無牌」咖啡店，不再用過去的制式裝潢，而是和當地藝術家合作，店面色彩大膽，風格也不同於傳統的星巴克。但此一個性化的嘗試，只能限於少數商店，因為一旦普遍化，又將落入「到處都是」的窠臼。如何在「大量化」和「具有特色」之間找到平衡點，是連鎖店業者極大的考驗。

○搞清楚弄明白

「篇」是計算「竹簡」的單位，在紙張尚未廣泛運用以前，記錄文字最普遍的載體是「竹（木）簡」和「帛書」。《說文解字》將「篇」字解釋為：「書也。」段玉裁注解：「箸（著）於簡牘者也，亦謂之篇。古曰篇，漢人亦曰卷。卷者，縑帛可捲也。」

「遍」字主要有兩個解釋：第一個解釋是「周徧」的意思；第二個是「一次為一遍」。前者有含蓋、包括的意思，後者是計數詞。

「篇」字常用的詞彙有「篇章」、「篇籍」等。古時候只要是首尾完整的文章都稱為「篇」，像現在我們熟知的《詩經》三百篇；又《詩經》中的〈雅〉、〈頌〉以十篇為一什（音ㄕˊ），因而後世稱詩篇為「篇什」。

「遍」字的用法也一樣很單純，就是引申「周徧」的本義，把事物從頭到尾經歷過一次稱為「一遍」，可見「篇」與「遍」原本都有「從頭到尾」的意思，有時會在寫文章時不小心把「千篇一律」錯寫成「千遍一律」。

「千篇一律」源出於王世貞的《藝苑卮言》：「千篇一律，詩道未成，慎勿輕看，最能易人心手。」意思指千篇詩文都是一種樣子，泛指文章、題材、寫作方法公式化，或形容事物形式陳舊呆板。然而，只要記住「篇」字從「竹」部，是計算竹簡文獻的單位；而「遍」從「辵」（音ㄔㄨㄛˋ）部，有經歷或過程的意味，就不容易弄錯了。

《詩經．小雅》有一篇題為〈鴻雁〉的詩。其中有兩句是：「鴻雁于飛，哀鳴嗷嗷。」大意是：鴻雁找不到安棲的地方，沒有目的地飛著，悲哀地叫著，形容流離失所的難民呻吟呼救的淒慘景象。由於這兩句詩，後來人們就把難民稱為「哀鴻」；形容受難的人民極多，幾乎到處都有，就說是「哀鴻遍野」或「遍地哀鴻」。

如今學生們在考試過後，有時會用「哀鴻遍野」來形容集體成績的結果；而老師也就難免「千篇一律」地檢討同學的「斷簡殘篇」了。

辯 ㄅㄧㄢˋ biàn　辨 ㄅㄧㄢˋ biàn

部首	辛	辛	辛
筆畫	16	21	16
簡體字	办	辩	辨

草書 行書 隸書 小篆 金文

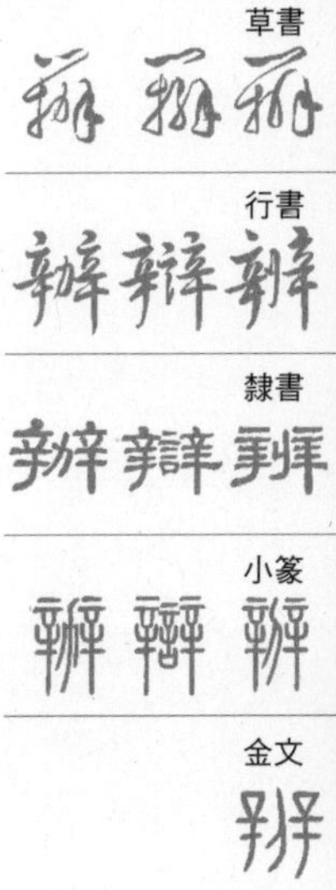

甲骨文

她們長得一模一樣，好難「~~辯~~」別

✓這樣用就對了！

長得一模一樣的雙胞胎，若非穿著打扮不同，旁人很難**分辨**。雙胞胎究竟能像到什麼程度？英國在二〇一〇年舉辦「史上最相似雙胞胎」評選，三十組參賽者中，由一對十八歲的姐妹花波爾．戴伊和露比．戴伊當選。她們不僅容貌相同、聲音近似、興趣一致，在「同步舞蹈」關卡，兩人的動作甚至絲毫不差。不僅同學常常搞混，連父母和男友都沒辦法**辨認**她們。

據報導，這場評選活動讓戴伊姐妹爆紅，很可能因此在電影《哈利波特》最後一集軋上一角。屆時大家不妨留意一下這對「史上最相似雙胞胎」在螢幕上的芳蹤。

辦

ㄅㄢˋ

bàn

搞清楚弄明白

「辨」字為「判別、區分」的意思，常用的詞語，有：辨別、辨認、辨析、明辨是非等，許慎《說文解字》記載：「辨，判也。从刀，辡(音ㄅㄧㄢˋ)聲。」段玉裁注解說：「古辨、判、別三字義同也。」

而「辯」字的本義是指「治理、治罪」，後來引申有「以口說的方式加以爭論」的意思，如：辯論、辯駁、答辯、強辯、事實勝於雄辯等。《說文解字》說：「辯，治也。从言在辡之閒(間)。」許慎又說：「辡，辠(音ㄗㄨㄟˋ)人相與訟也。」也就是打官司雙方互相爭訟，議論是非。另外，「辯」還可以當作形容詞，表示「善於言辭的」、「言辭暢達的」意思，如：辯才無礙。

至於「辦」字的本義是指「竭盡心力處理事務」，例如：辦公、辦事、辦理等，後來又引申指「創立、經營」，例如：辦學、創辦、興辦等，徐鉉本的新附《說文》記載：「辦，致力也。从力，辡聲。」現今「辦」還有「採買、採購」之意，例如：辦年貨。在日常生活中，我們常用「嘴上無毛，辦事不牢」來形容年輕人年紀輕，缺乏經驗，處理事情不夠圓融。

「辨」、「辯」跟「辦」三字，字形相似、讀音也相近，雖然容易混淆，但只要從這三個字的偏旁來分辨，基本上是可掌握其字義的。如「辨」從「刀」的偏旁，所以有「分別」之意；「辯」有「言」的偏旁，因此有「爭論」之意；「辦」從「力」的偏旁，所以有「辦理」之意。事實上，這三個字由於字音相近，因此古代常有互相通用的情形出現；今日為了不必要的爭議，我們還是按照字義，將這三個字劃分清楚。

步 bù ㄅㄨˋ 部 bù ㄅㄨˋ

	步	部
部首	止	邑
筆畫	7	11
簡體字	步	部

草書　行書　隸書　小篆　金文　甲骨文

做事情要按「~~步~~」就班嗎？

✓這樣用就對了！

自網際網路問世後，愈來愈多年輕人不再「買」書或「借」書來看，而是直接上網搜尋電子書，既不用擔心書店買不到，又能節省儲物空間。

這些電子書檔案，大多沒有合法授權，可是因為下載電子檔有省錢、快速的好處，仍吸引大批網友。因此，有論者憂心，這種難以抑止的盜版現象，恐會使電子書**步上**唱片業後塵，連帶創作人的權益也受影響。

省時的下載雖方便，但也會扼殺創作者生存空間，未來大家反而沒有好書可看，還是**按部就班**，用能保障合法創作權益的方法看書吧！

○搞清楚弄明白

「步」從甲骨文及金文的字形來看，就像走路時，左右腳一前一後的形狀，《說文解字》道：「步，行也。」由此可知「步」字的本義就是「行走」的意思。之後又延伸出有「追隨」、「腳步」、「階段」等意涵，例如「步上後塵」、「進一步」、「地步」等詞語。

「部」是名詞，在古代是指部落，或是地方區域名稱，許慎《說文解字》記載：「部，天水狄部。从邑，否聲。」指的便是漢代天水郡狄人居住的地方。另外，「部」還有「機關名號」、「單位部門」等用法，如：「教育部」、「編輯部」等。其次是「類別」、「部首」、「軍隊」等概念。當動詞使用時，則指「布置、安排」，例如：「部署」。

「步」跟「部」讀音相同，使用上也常混淆。例如「部隊」跟「步隊」兩項詞條，意義可是完全不同。「部隊」是對一般軍隊的通稱，而「步隊」則專指軍隊中的步兵。

成語「按部就班」出自陸機的〈文賦〉，原文作「然後選義按部，考辭就班。」文中的「部」指的是「具有整體性的類別」，「班」則指「排列」，兩者實際上是指寫作文章時內容的布局與文辭的排列。之後「按部就班」又引申出「行事依照一定的層次、條理」的意思。由於「步」字也有「階段、程度」的意涵，使用上人們往往望文生義，誤認為「按『步』就班」是按照步驟或行事的階段，一步步解決事情。我們書寫時應該要還原正確的用法，寫作「按部就班」才對。

談到「步」字，《孟子．梁惠王上》有一則「五十步笑百步」的故事。孟子有天去見梁惠王，梁惠王對孟子抱怨，他一直比鄰國的君主更努力治國，為什麼自己的人民都沒有增加？孟子回答：「兩軍交戰，打敗仗的士兵都落荒而逃。有人跑了一百步，有人跑了五十步。跑五十步的嘲笑跑一百步的太膽小。大王，您覺得可以嗎？」梁惠王說：「當然不行！他們同樣是逃跑，只不過沒跑到一百步罷了！」

於是孟子告訴梁惠王，他既然明白這個道理，就不應奢望自己的人民比鄰國多，因為治國的重點在於讓老百姓生活不虞匱乏，而梁惠王並未做到。這則故事說明為政者應當以人民的生計為施政主軸，才是根本的治國之道。今天，我們常用「五十步笑百步」比喻有人和別人犯下同樣的錯誤，只是程度比較輕，卻還在譏笑別人，這是不可取的行為。

秉 ㄅㄧㄥˇ bǐng

稟 ㄅㄧㄥˇ bǐng

	秉	稟
部首	禾	禾
筆畫	8	13
簡體字	秉	禀

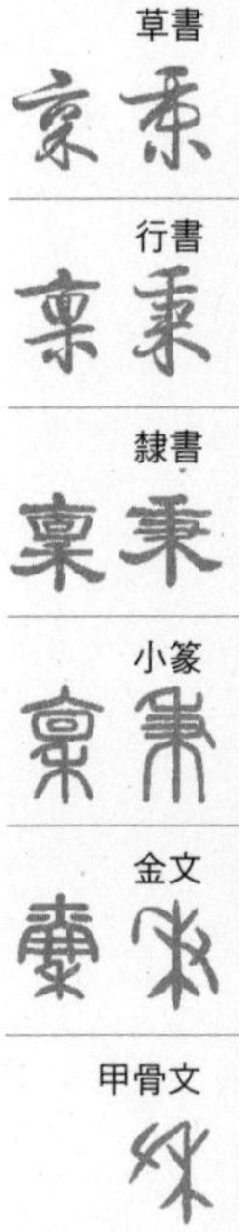

你真是天賦異「秉」

✓這樣用就對了！

如果你已過十五歲，還記得自己當時在做什麼嗎？如果你還沒十五歲，對即將來到的人生階段，又有什麼想像與期盼？

十五歲的詩人鄭愁予，從北平附近的煤礦坑遊覽回來後，在這一年寫下自己的第一首詩〈礦工〉。生於戰亂的年代，特殊的時空背景賦予他憂國憂民的胸懷，這首初試啼聲的作品，讓年少的鄭愁予開始有「詩言志」的體會，進而步上詩人之路。在詩中，人無法說謊、偽裝，每一行詩句，都是詩人真性情的流露。

與其說年少的鄭愁予**天賦異稟**，不如說是他在詩裡找到抒發真我的管道，對詩產生熱情與堅持，才讓他一輩子投身於詩的道路。你發現自己的**稟賦**了嗎？有哪些事，是你非常喜歡，想要一直做下去的呢？

◎搞清楚弄明白

「秉」屬於會意字，字形是取象於單手持握著稻禾的樣子。許慎《說文解字》記載：「秉，禾束也。从又持禾。」後來，「秉」又延伸發展出用以表達執掌、掌握或保有、持有的意思，例如：秉政、秉持。另外，「秉」還有依照、根據的概念，例如：秉公處理。

至於「稟」，上半部在更早的甲骨文和金文中都出現過，根據字形推論其本義，應該就是指貯存稻禾的倉庫，現今寫成「廩」(音ㄌㄧㄣˇ)這個字。古代在豐年之時貯存稻禾的用意，本來就是為了在發生天災或年歲不好的時候，可以開倉賑濟災民，以備不時之需，所以《說文解字》的解釋：「稟，賜穀也。」是有其道理的。

後來「稟」由「賜穀」這層含意又引申有「上對下」的「賦予」之意，以及「下對上」的「承受」之意。而由「下對上」的「承受」之意又進一步發展為「下對上」的「報告」或「陳述」，例如：稟告、稟報。

「秉」、「稟」兩字由於讀音相同，字形又都出現「禾」這個偏旁，容易造成使用上的混淆。若當動詞使用，「秉」通常表示實際掌握或持有的狀態，而「稟」則多表示下級對上級、晚輩對長輩的領受或說明。因此，「秉持」、「秉公處理」不得寫成稟持、稟公處理；而「稟明」、「天賦異稟」也不能寫成秉明、天賦異秉。

現代人為了紓解壓力、講求生活的調劑而有夜遊的娛樂活動，古人其實也有同樣的興致。《古詩十九首》中的〈生年不滿百〉一詩就提及：「晝短苦夜長，何不秉燭遊？」意思是：「人們總因白晝短黑夜長而感到痛苦、愁悶，為什麼不拿著燭火趁著良夜遊玩一番呢？」

李白在〈春夜宴從弟桃花園序〉也說道：「而浮生若夢，為歡幾何？古人秉燭夜遊，良有以也。」時光易逝，生命苦短，李白也認為人生應該要趁著良宵美景及時行樂，才不枉費此生。

至於俗語「江山易改，本性難移」這句話，也可作「江山易改，稟性難移」。意思是：「江河山岳會隨著歲月而產生變化，但一個人的本性卻是很難更改的。」您贊同這句話嗎？

蓬 ㄆㄥˊ péng

篷 ㄆㄥˊ péng

	蓬	篷
部首	艸	竹
筆畫	15	17
簡體字	蓬	篷
草書	蓬	篷
行書	蓬	篷
隸書	蓬	篷
小篆	蓬	
金文		
甲骨文		

每天，讓自己朝氣「~~篷~~」勃的開始

✓這樣用就對了！

寒暑假是旅遊旺季，你可能不知道，在我們急著造訪他國時，有不少其他國家的旅客，也等著遊臺灣。由於臺灣在新加坡進行強勢的旅遊宣傳，珍珠奶茶、小籠包與陽明山等美食美景，攻占當地地鐵站，成功吸引不少新加坡民眾想到臺灣一遊。二〇一〇年，臺北在新加坡媒體調查中，擊敗雪梨和曼谷，成為星國年輕人最愛的背包旅遊城市。

專家分析，臺北**朝氣蓬勃**的城市文化，和琳瑯滿目的消費方式，是獲勝主因。下回進行旅遊計畫，不妨從國內開始，看看在別人眼中，我們自身的獨特之處。

○搞清楚弄明白

「蓬」是一種菊科多年生的草本植物，《詩經．衛風．伯兮》：「自伯之東，首

如飛蓬」詩句，就是以紛飛的蓬草比喻不經梳理亂糟糟的頭髮。現代名詩人徐志摩也曾在〈翡冷翠山居閒話〉中，寫道：「你不妨搖曳著一頭的蓬草」。句中的蓬草也是比喻一頭亂髮。今日我們也常以「蓬頭垢面」來形容一個人不修邊幅、頭髮散亂的樣子。此外，「蓬」也可指稱某些植物果實的外苞，如：蓮蓬。

至於「篷」字，則是一種用竹篾或油布製成，可遮蔽風雨、阻擋烈日的工具，今日常用的詞語有：帳篷、雨篷、斗篷等。明代梅膺祚的《字彙》解釋「篷」是「編竹夾箬覆舟車者」，「編竹夾箬（音ㄖㄨㄛˋ）」即指「篷」的材質，而「覆舟車者」則是說明「篷」的功能。

「蓬」與「篷」兩字因為讀音相同、字形相近，所以使用時常會造成混淆，如：「朝氣蓬勃」常被誤寫成「朝氣『篷』勃」；「蓬蓽生輝」被誤寫成「『篷』蓽生輝」；「敞篷車」被誤寫成「敞『蓬』車」等。但如果能掌握「蓬」與「篷」這兩個字的部首與詞義的關連性，定可避免這類錯誤。

像是「蓬勃」一詞會採用「艸」部的「蓬」字，即是以叢生的「蓬草」形容事物興盛繁茂的樣子。而「蓬蓽」之所以使用「艸」部的「蓬」字，則是指以蓬草或荊竹樹枝編成的門戶，唐代詩聖杜甫的〈客舍〉「蓬門今始為君開」詩句，其中的「蓬門」也是相同的用法。

後來「蓬蓽」被借來指貧苦人家居住的簡陋房舍，或用來謙稱自己的住屋，因此「蓬蓽生輝」一詞，乃是說貴客親臨，使得自己的家增色不少，是歡迎客人光臨寒舍的用語。至於「雨篷」、「帳篷」、「敞篷車」的「篷蓋」等設備，當然要用材質可以遮陽防水的，所以是使用「竹」部的「篷」字。您了解了嗎？

拚 ㄆㄢˋ pàn　拼 ㄆㄧㄣ pīn

	拚	拼
部首	手	手
筆畫	8	9
簡體字	拚	拼
草書	拚	拼
行書	拚	拼
隸書	拚	拼
小篆	拚	
金文		
甲骨文		

他「~~拼~~」命想完成動人的作品

✓這樣用就對了！

以作品**拼圖**自己的人生，是每位作家不變的職志。寫作看似不需勞動，事實上，卻十分傷神耗力，許多文壇老作家為寫出動人文章，卻付出健康的代價。寫完《康熙大帝》的二月河，頭髮幾乎掉光；筆名「杏林子」的作家劉俠自幼罹患罕見疾病「類風溼性關節炎」，發病時手腳腫痛，卻依舊忍痛寫作；第十四屆國家文藝獎得主、以《我愛黑眼珠》名動文壇的七等生，得獎的同時，也與癌症在對抗。

精彩感人的文學作品，往往是作家**拚命**換來的成果，閱讀這些作品，如同在閱讀作家的生命。而偉大的作家往往只求作品能被讀者細細品味，發揮作品影響、改變人心的力量。

◎搞清楚弄明白

「拼」與「幷」其實具有相同意思，《說文解字》雖然沒有收錄「拼」字，但作者許慎對「幷」（音ㄅㄧˋㄥ）字作了解釋：「幷，相從也。从从，幵（音ㄐㄧㄢ）聲。」他依照小篆的字形，將「幷」解釋為形聲字，然而從甲骨文來看，卻非如此。

在甲骨文中，「幷」作「」，《薇廎（音ㄑㄧˇㄥ）甲骨文原》：「象將二人之足繫在一處形。幷，合也。」可知「幷」在甲骨文中是指兩人的腳被綁在一起。

在古代，士兵押解一群罪犯或戰犯時，習慣將數名犯人的腳一起綑綁，使其不易逃脫，「幷」字即是這種情形的說明。後來，「幷」又引申出「合」的意思。而用「幷」字當聲符的「拼」，某種程度上也繼承了「幷」的意思，所以「拼」有「拼湊」之意。

「拚」則有「拍手」的意思，《說文解字》對「拚」的解釋是：「拚，拊（音ㄈㄨˇ）手也。」段玉裁注：「拊，揗（音ㄕㄨㄣˊ）也。揗，拊也。此不但言拊，言拊手者，謂兩手相拍也。」此外，宋代司馬光所纂的《類篇》中，也對「拚」字解釋為：「拚，掃除也。」《禮記・少儀》也說：「埽席前曰拚。」由此可知，「拚」還可以用來指「掃除汙穢」。

「拼命」與「拚命」，究竟哪一個才是用來表示「豁出去」的正確用法呢？因「拼」為「拼湊」之意，所以衍生出來的詞有「拼圖」、「拼貼」、「東拼西湊」等。「拚」則有「掃除」、「去除」等義。因此，我們若寫作「拚命」，便有「不要命」的意思，這是「拼命」在字面上無法表達的。綜上所述，可以知道「拚命」才是正確的用法。

然而，現代人大多用「拼命」，少用「拚命」；或用了正確的「拚命」，卻將「拚」字讀為「ㄆㄧㄣ」。這些本都是錯誤的用法，但久而久之，積非成是，「拼命」也就通「拚命」了。

宋代詞人晏幾道曾作〈鷓鴣天〉詞：「彩袖殷勤捧玉鍾，當年拚卻醉顏紅。」這裡的「彩袖」指的是身穿華麗衣裳的歌女，「玉鍾」指的是酒杯，「拚卻」則有不惜一切代價之意。晏幾道的意思是：「身著美麗衣裳的歌女，殷勤地捧著酒杯前來勸飲，而我在當年也不惜酒醉地盡情酣飲。」

密 ㄇㄧˋ mì

蜜 ㄇㄧˋ mì

部首：宀　虫

筆畫：11　14

簡體字：密　蜜

草書

行書

隸書

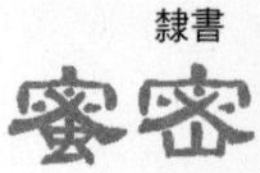

小篆

金文

甲骨文

要懂得經營親「~~蜜~~」關係

✓這樣用就對了！

很多地下電臺的賣藥節目，最大消費族群和受騙者，是老年人。分析其中原因，主要是上了年紀的人，難免有病痛，加上平日閒著，聽到電臺主持人鼓其如簧之舌，吹捧各種具有「神效」的藥品，很容易心動。

內政部調查也顯示，六十五歲以上老人最擔心的前兩大問題，分別是健康和經濟來源。此外，人到老年，體力和精力變差，心理上特別渴望子女的關心照顧。因此，子女與其怪父母花大錢亂買藥，或苦口婆心勸老人家有病要看醫師，不如多花點時間關心父母，子女對老人家的**甜言蜜語**與**親密關係**，才是最佳的健康良方。

○搞清楚弄明白

「密」字的本義是指「形狀像殿堂的山」。許慎《說文解字》說：「密，山如堂者。从山，宓聲。」段玉裁注解說：「按：密主謂山，假為精密字而本義廢矣。」由此可知，我們今日以「密」來表達「精密」、「周密」、「嚴密」、「細密」等意思，乃是假借的用法。而除了表「細密」的用法以外，「密」還有「濃密」、「綿密」等詞語表示「不稀疏」的意思；有「隱密」、「祕密」、「機密」等表示「隱藏不洩露」；還有以「親密」等表達出「親近」的概念。

至於「蜜」字，本義是指「蜂蜜」。許慎《說文解字》說：「蠠，蠭（音ㄈㄥ）甘飴也，一曰：螟子。从虫，鼏聲。蜜，蠠或从宓。」後來引申有「甜美」的意思，如：「甜蜜」、「甜言蜜語」等。從許慎的解釋來看，我們可以知道「蜜」這個字的字形，其實是「蠠」這個字形的另一種寫法，只是到後來，習慣上都寫成「蜜」，而「蜜」也就成為通用的字體了。

「密」和「蜜」兩字因為字形相近，在使用上常常有混用的情形。例如：把「祕密」寫成「祕蜜」。除了字形相近，「密」與「蜜」某些詞語所表示的含意又相似，如：「甜言蜜語」與「柔情密意」，前者表「甜美而動聽的話語」，後者則表「溫柔親密的情意」，這兩個詞語都常被用來形容男女交往時的親近與美好，因此特別容易混淆。

而把「甜言蜜語」的「蜜」寫成「密」；或把「柔情密意」的「密」寫成「蜜」，這麼一來，整個意思就都改變了。「甜言『密』語」變成祕密的話語，「柔情『蜜』意」也成了甜美的情意。因此在使用時要特別小心留意。

關於「蜜」字，有句歇後語說「嘴巴上抹蜜」，意指說話很動聽，就好像嘴巴上擦了蜜糖一般。還有句歇後語說「春天的蜜蜂」，因為春天正是蜜蜂忙於採蜜的季節，有閒不下來的意思。至於「密」字，有個謎語是「上下緊密聯繫，都要節約一點」，請猜一個字，不知讀者您猜到了嗎？

謎底：十

謬 ㄇㄧㄡˋ miù　繆 ㄇㄡˊ móu

	謬	繆
部首	言	糸
筆畫	18	17
簡體字	谬	缪
草書	謬	繆
行書	謬	繆
隸書	謬	繆
小篆	謬	繆
金文		
甲骨文		

未雨綢「~~謬~~」比臨陣磨槍來得重要

✓這樣用就對了！

為拯救岌岌可危的自然環境，世界銀行在二〇〇九年底舉行「拯救地球一百個構想」，在二十六項獲獎計畫中，高德（Eduardo Gold）的「秘魯冰河」計畫或許會讓許多人目瞪口呆。他的方法是把安第斯山脈的查南松布羅列峰、總達七十公頃面積的岩地，全部以油漆塗白。高德相信，當他完成計畫時，這片「白雪皚皚」的景色能讓周圍溫度下降，令乾涸的冰河復原。

乍聽起來似乎很**荒謬**，但根據「反照效應」原理，漆成白色的石頭確實能反射較多太陽能、收到讓岩石表面降溫的功效。到底如何**未雨綢繆**，避免環境惡化呢？或許，全球六十億人，每人少用一些電和水，少開車，落實垃圾分類、資源回收，比一些奇奇怪怪的拯救計畫都來得實在。

◯搞清楚弄明白

「謬」的本義是荒謬不實或錯誤的言論，《說文解字》的解釋是：「狂者之妄言也。」所以「謬」也有「錯誤」之意，如「謬誤」。

至於「繆」的本義則有將絲麻纏在一起的意思，《說文解字》說：「枲（音ㄒㄧˇ）之十絜（音ㄒㄧㄝˊ）也。一曰：綢繆也。」「綢繆」常一起用，兩字為同義複詞，都表示纏縛、纏結。

後來「綢繆」又延伸出「修補之意」，例如成語「未雨綢繆」，是出自《詩經．豳風．鴟鴞》：「迨天之未陰雨，徹彼桑土（音ㄉㄨˋ），綢繆牖戶。」詩人注意到自然界中，鴟鴞（音ㄔ ㄒㄧㄠ，一種小型貓頭鷹）這種鳥能在下雨天前，事先察覺到天氣變化，開始修補窩巢，後來比喻事先做好準備，以防萬一。

但後來，「繆」也通「謬」，此時指「錯誤」，念成「ㄇㄧㄡˋ」。不過，「繆」本就有「纏結」之意，當事物或思緒纏結，往往容易產生錯誤，由此引申出「錯誤」的意思。因此，雖然兩字的本義差很多，書寫時卻可能會產生混用情形。

分辨時可從其偏旁來看，「謬」是荒謬、錯誤不實的言論，為言字旁；「繆」有纏結、纏縛之意，為「糸」字旁；「糸」字意為細絲，「繆」既是將絲麻纏結一起，自然就為糸字旁了。在使用上，最好還是依據本義來挑選適合的用字，如果當「錯誤」，則「謬」、「繆」皆可，但仍以本義有錯誤、荒誕的「謬」為佳；但若為「纏結」，則必要用「繆」，且念為「ㄇㄡˊ」，不念「ㄇㄧㄡˋ」，所以未雨綢「繆」（ㄇㄡˊ）不可寫成未雨綢「謬」（ㄇㄧㄡˋ）。

希臘神話中，有九位通過傳統的音樂和舞蹈來傳情達意的女神。希臘文叫「Μουσαι」，中文音譯為「謬斯」女神或「繆斯」女神。由於音譯關係，通常選用中文裡相近的音即可，再加上「繆」又通「謬」，所以這裡用「謬」或「繆」皆可，只是須念成「ㄇㄧㄡˋ」。

傳說認為繆斯女神是眾神之王宙斯和記憶女神的女兒，但也有說法是祂們比宙斯更古老，是代表天空的烏拉諾斯和大地之母蓋雅的女兒。由於繆斯掌管藝術領域，因此又泛稱為詩人或藝術家的靈感泉源。

明 名

ㄇㄧㄥˊ míng　ㄇㄧㄥˊ míng

	明	名
部首	日	口
筆畫	8	6
簡體字	明	名

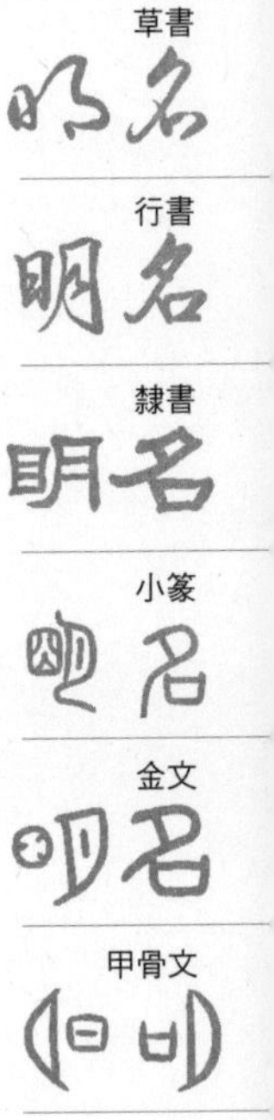

不要再莫「明」其妙了！

✓這樣用就對了！

很多醫院如今受限於護士和工作人員不足，醫院的雜務無法有效率處理。蘇格蘭一家醫院針對這個困擾，想出一個驚人的方法——用機器人當醫師的幫手。

這家醫院目前正對這些機器人進行最後測試，未來院方人員只要使用PDA（個人數位助理）對機器人下達指令，它們就會很**聰明**地自動完成載運醫療廢棄物、消毒手術室和送餐等任務。

以往只存在科幻小說的場景不再遙不可及，隨時代進步，它將逐漸化為你我生活的一部分。若早個三、四十年，讓機器人在醫院裡幫忙消毒、送餐，恐怕會令人覺得莫名其妙，但在二十一世紀，這卻可能會實現。

○搞清楚弄明白

名、明兩字由於讀音相同，在書寫時容易混淆。「名」本義是人的稱號，

《說文解字》解釋：「名，自命也。从口夕。夕者，冥也。冥不相見，故以口自名。」因為晚上光線昏暗、看不清楚，須以口說出姓名，這便是此字的來由。

至於「明」字的本義都是光明、明亮，進一步引申，則有明白、清楚之意，其源頭有二，《說文解字》是這樣說的：「朙，照也。从月囧。凡朙之屬皆從朙。，古文从日。」由此可知，古代的「明」，一是从月囧、一是从月日。

現今流行的網路文字「囧」，在古時候就有這個字。「囧」是象形字，意味窗戶打開、光線明亮的樣子，其引申為光明、明亮，也是从月囧的「朙」的本義。另外「从月日」則可在《周易．繫辭》中找到證據：「日往則月來，月往則日來，日月相推而明生焉。」

由上述的說法，便可知道這兩字在造字的概念上相差甚遠。「名」來自於昏暗的時刻；「明」則是隨時都有著明亮的光線。

「名」這個字除了是人的稱號，又引申有用語言、文字來指稱、說明的意思，例如成語裡頭的「不可『名』狀」以及「莫『名』其妙」中的「名」字。「不可名狀」是指無法用語言文字形容；「莫名其妙」則是形容事情或現象使人無法理解，不能以言語表達出來。倘若把名誤寫成明，那麼「不可『明』狀」會變成無法明白地形容表達；而「莫『明』其妙」則會變成無法明白地理解事物。失之毫釐，差之千里，語義經過誤寫，就會錯誤百出！

由李連杰、劉德華、金城武三人所演出的電影《投名狀》，叫好又叫座，也吸引眾多學生族群的支持。然而，投名狀究竟是什麼意思呢？

它的典故出於四大奇書中的《水滸傳》。書中原本掌管幾十萬禁軍的林沖，為奸臣所迫，走到絕境、不得不加入梁山泊為盜。寨主王倫請林沖拿個「投名狀」來，以示其真心。王倫的手下朱貴向林沖解釋：「但凡好漢們入夥，須要納投名狀。是教你下山去殺得一個人，將頭獻納，他便無疑心；這個便謂之『投名狀』。」由此可知，投名狀在這部小說裡是指新入夥的成員，為證明自己的誠意，必須殺害一人並將人頭交給首領。

知道《水滸傳》中的「投名狀」，有沒有覺得電影中以血盟誓的「投名狀」溫和多了呢？

冥 ㄇㄧㄥˊ míng　瞑 ㄇㄧㄥˊ míng

	冥	瞑
部首	冖	目
筆畫	10	15
簡體字	冥	瞑

草書

行書

隸書

小篆

金文

甲骨文

可以「冥」目嗎？

✓這樣用就對了！

適度的**冥想**可以放鬆身心、減輕壓力，但人有可能靠冥想過活嗎？印度一名瑜伽大師雅尼，篤信印度教，自稱幼年時受到女神祝福，七十年來連水都沒喝，只需冥想，女神就會送來仙丹補充他的身體所需。

他的宣言引起印度軍方重視，若能了解人如何在沒有水與食物的環境生活，便能延長士兵在惡劣環境下的作戰時間。為證明雅尼所言不假，一個軍醫團隊請他到醫院並加以觀察，發現他七天沒進食、飲水，卻依舊精神奕奕。此一觀察還會延長時間繼續進行，以證實雅尼所言的真假。冥想是不是真有這麼神奇？恐怕也是見仁見智吧！

○搞清楚弄明白

「冥」、「瞑」兩者皆讀為「ㄇㄧㄥˊ」，字形上，兩者只差一個「目」，也難怪容易讓人誤認。但如果能夠先理解兩個字的意思，就可以不再寫錯了。

「冥」字的本義是夜晚、光線昏暗的意思，許慎在《說文解字》中解釋：「冥，幽也。从日六，冖（音ㄇㄧˋ）聲。日數十，十六日而月始虧。」日是指數字十的意思，冥字的日、六則是十六，指月亮由盈轉虧的時刻。農曆十六是月亮飽滿明亮之時，當夜的天空也因為月娘的明亮而顯得光明許多，但過了這個時候，月亮形體就會開始漸漸變小、夜晚也慢慢昏暗不明。

「瞑」字則有收斂、收縮的意思，《說文解字》中言簡意賅地寫著：「瞑，翕（音ㄒㄧˋ）目也。」「翕」常被以「有邊讀邊」的方式，誤讀作「ㄏㄜˊ」，但真正的讀音為「ㄒㄧˋ」，「翕目」意指將眼睛合起來，也就是「閉眼」。

依許慎的解釋，大致可將「冥」、「瞑」二字做區分。至於常遭人誤寫成「死不冥目」的成語「死不瞑目」，就字面來看，即是人死的時候沒有閉上眼睛，對世界還有所留戀，其引申義就是人死時心有不甘、抱憾而死。如果換成「死不冥目」，意思不就變成人死的時候沒有幽暗的眼睛了？從這樣的解釋看來，不僅不甚通順，是不是還有點可笑呢？

春秋時代，楚成王想立其子商臣為太子，臣令尹子建議楚成王不要這麼急，但成王不聽。果然，過了不久，楚成王真的想廢掉商臣改立王子職當太子。商臣聽到消息，便去找老師潘崇幫忙。潘崇建議他稍安勿躁，先設宴請江羋（音ㄇㄧˇ），宴席中要故意對江羋很不尊重。江羋果真憤怒說出：「難怪君王要殺你，改立王子職為太子！」

確認傳言屬實，商臣聽從潘崇的建議，率領宮中侍衛包圍楚成王，逼其自盡。成王死後，商臣為他取諡號「靈」，但楚成王的屍體始終沒有閉上眼睛，直到將諡號改為「成」時，才肯瞑目。

這是《左傳》在魯文公元年記載的故事，看完後是否覺得冥冥中好像有一種無法以理性去判斷的事呢？但東漢學者桓譚認為，自殺後本來就得等到體溫散去、屍體漸漸冰冷後，才會自然閉上眼睛。並非是楚成王還有知覺、會挑剔諡號。

你怎麼看呢？

部首
水 糸

筆畫
12 15

簡體字
湎 缅

草書
湎 緬

行書
湎 緬

隸書
湎 緬

小篆
湎 緬

金文

甲骨文

湎 緬

ㄇㄧㄢˇ miǎn　ㄇㄧㄢˇ miǎn

「湎」懷先烈，像話嗎？

✓這樣用就對了！

流行天王麥克．傑克森在二〇一〇年六月二十五日逝世滿週年，世界各地的歌迷紛紛以不同的方式，來**緬懷**這位不朽的巨星。好萊塢的星光大道上，寫有麥克名字的星星，放滿歌迷悼念的鮮花、蠟燭；來自各地的歌迷在公墓聚集，追思偶像，**沉湎**於過去；世界各國也有許多自發性的悼念儀式和紀念演唱會，令人驚嘆天王的魅力。

和麥克相關的展覽、紀念品、書，也紛紛被推出，其中還包括麥克母親的傳記。與其說麥克．傑克森是個流行歌手，不如說他已經成為一種指標性的象徵，讓後人懷念不已。

◯搞清楚弄明白

緬、湎二字不僅讀音相同、字形相似程度也頗高，常常造成錯別字的狀況。

「緬」的本義為「微絲」，在《說文解字》中，許慎說：「緬，微絲也。」段玉裁注解《說文解字》說：「緬之引申為凡緜邈之稱。」緜邈意指悠遠。可知悠遠是「緬」的引申義。至於「湎」字的本義就是沉溺於酒，《說文解字》說：「湎，湛於酒也。从水，面聲。」湛字即是沉。

明白這兩字的引申義以及本義後，回過頭來看最容易被誤用的詞組「緬懷」以及「沉湎」。「緬懷」的意思是要帶著尊重的心情去遙想懷念，例如耳熟能詳的〈國旗歌〉中，有句歌詞這麼寫：「創業維艱，緬懷諸先烈。」緬懷諸先烈就是說要帶著尊重的心情去遙想前人為我們創下的功業。至於「沉湎」，即指沉溺、沉迷，例如成語中的「沉湎淫逸」，就常常用來形容帝王沉溺在酒色與美女之間，荒淫無道。

倘若這兩個詞組中的湎、緬互換，那在語義上行得通嗎？「緬懷」如果變成「湎懷」，那不就是要一邊喝著酒、一邊來懷念了？喝酒既然是歡愉或是消愁的心情與行為，那麼以之來懷念先烈，怎能說得通呢？而「沉湎」若變成「沉緬」，那樣的語義是要變成又重又遠？還是掉落很遠呢？

經過這樣說明後，可以看出若把「湎」、「緬」相互更換，已經不只是詞義將會產生混淆的問題，在解釋上也無法說得通了。

中國古代商朝的最後一位君主紂王非常貪戀酒色，他除了迷戀美女妲己外，更是沉迷於飲酒。常常因為喝酒後酣睡不醒，不理國政，卻仍不顧人民的抱怨，不知悔改地飲酒放縱。君王作了這般的示範，臣子們也相繼模仿，飲酒作樂。朝廷上下都如此作為，商朝最後也只得面臨滅亡的命運。

周公平定殷商後，讓他的弟弟康叔管理衛（即殷商故地，今河南境內），鑑於商朝人因嗜酒而亡國，所以懇切地告知康叔，無論是朝廷官員或者是平民百姓，切記勿讓他們「湎於酒」，也就是說千萬不能沉溺於酒中。在《尚書．酒誥》中，就詳細記載著周公的訓誡之辭。

默 ㄇㄛˋ mò　沒 ㄇㄛˋ mò

部首	黑	水
筆畫	16	7
簡體字	默	没
草書		
行書		
隸書		
小篆		
金文		
甲骨文		

是「默默無聞」還是「沒沒無聞」

這樣用就對了！

名人光環常是眾人欣羨的焦點，但是，當他們還**默默無聞**時，又有誰想得到，有朝一日，他們也能闖出一片天？

叱吒華語歌壇的周杰倫，曾經拚命創作、四處投稿卻到處碰壁，直到在音樂公司擔任助理時，才被老闆吳宗憲發掘他的才華。《哈利波特》作者J·K·羅琳是單親媽媽，她辛苦寫成的《哈利波特》第一集還曾一再遭退稿，直到遇見看好她的伯樂，才一舉成名。曾獲奧斯卡最佳導演的李安，則熬過失業在家、靠妻子賺錢的日子。可是，他們並未向困頓屈服，反而義無反顧追求夢想，才能在機會來臨時，有所成就。

搞清楚弄明白

「沒」有「沉入水中」、「沉溺」之意，《說文解字》說：「湛也。从水，甚聲。」段玉裁指出，雖然《說文解字》有許多版本把「沒」字解釋為「沉」，但同樣也是「沉入水中」、「沉溺」之意。後來「沒」引申為「盡」之意，這是從它的本義「沉入水中」發展而來，例如：「湮沒」、「泯沒」等都有消失不見的意思。

「默」本義是說明狗突然竄出逐人的狀態，在《說文解字》的解釋是：「默，犬暫（潛）[1]逐人也。从犬，黑聲。」由此假借為「寂靜、安靜」之意，如：靜默。後來表示「無形」、「暗中」之意時也用「默」，如：潛移默化。再如《論語．述而》說：「默而識之。」

「沒」、「默」兩字常被混用，究竟是「默默無聞」正確？還是「沒沒無聞」才對？其實這兩個用法都正確，是平凡、沒有名氣之意。因此可知「沒」與「默」二字的語意，有些部分是重疊的，所以在使用上容易造成混淆。

這兩字皆能表達沉靜、隱晦不明的狀態。從字的本義來看，可以了解到二字之間微妙的差異，特別是「默」字，它更強調「安靜、無聲」的意思。因此「沉默」表示不再說任何話，而「沉沒」則是說明事物沒入水中。雖然語意有些類似，但用法上是不是差很多呢？

「默」雖然是種無聲、無形的狀態，但它的力量很大。所謂「潛移默化」原作「潛移暗化」，這個典故源於顏之推的《顏氏家訓》，這部書的內容是教導他的後代子孫做人處世的道理。他談論到影響力的作用時，說道：「人在年輕之時，由於性格尚未定型，因此時常有樣學樣，如果這時候能多和賢德的人在一起，性格思想就會在不知不覺中受到影響，因而養成良好的品德。」

這道理就像在芝蘭之室待久了，身上自然而然也會有蘭花的香氣；但如果在魚市中待久了，身上也因此沾滿了魚腥味。所以顏之推以這個比喻來告誡他的子孫，君子要很慎重地選擇朋友，受到品德好的朋友薰陶，漸漸地也提高自己的修養。孔子曾說：「不要去結交道德修養不如自己的人。」和比自己更有品德的人交往，才能潛移暗化，不斷進步。後來「潛移默化」這句成語就從這裡的「潛移暗化」演變而來，形容人的思想、性格或習慣受到影響，不知不覺中起了變化。

1 沈濤《說文古本考》：「濤案：《六書故》引《說文》曰：『犬潛逐人也』是。今本『暫』字乃『潛』字之誤。」

媚（ㄇㄟˋ mèi）魅（ㄇㄟˋ mèi）

	媚	魅
部首	女	鬼
筆畫	12	15
簡體字	媚	魅
草書	媚	魅
行書	媚	魅
隸書	媚	魅
小篆	媚	魅

金文

甲骨文

「媚力」能不能四射呢？

✓這樣用就對了！

二〇一〇年的世足賽，再度於全球各地掀起足球熱。多數人可能會以為，看足球賽是男生的專利，事實上，世界各地女性瘋起世足來也不遑多讓。

根據媒體報導，南美足球大國阿根廷，二十五歲到四十四歲的女性，有六成四自認是足球迷。阿根廷女性在世足期間以看球賽優先，對於約會反而沒興趣。亞洲則以韓國女球迷最令人印象深刻，平日**柔媚**的韓國女孩，到了球場卻瘋狂激昂，又叫又跳。至於日本女性，則十分關注那些俊帥的足球明星。種種跡象顯示，足球在女性心目中的**魅力**，正逐年提昇。

○搞清楚弄明白

「媚」字本義為「取悅」，許慎在《說文解字》裡說：「媚，說（音ㄩㄝˋ）也。从（音ㄘㄨㄥˊ）女，眉聲。」段玉裁的注解說：「說，今悅字也。」

至於「魅」指的是「鬼怪之物」，《說文解字》記載：「鬽，老物精也。从鬼彡（音ㄕㄢ）。彡，鬼毛。魅，或从未聲。」也就是說，在字形上，「鬽」是從「鬼」從「彡」的會意字，「魅」則是從「鬼」「未」聲的形聲字，所以「魅」是「鬽」字的或體字（為一個字的另一種寫法）。現今在使用上是採用從「鬼」，「未」聲的「魅」字來表達「鬼魅」的意思。

「媚」除了指「奉承、討好」，還引申有形容詞的用法，以表示「美好、嬌豔」的意思，例如「明媚」、「嫵媚」；而「魅」這個字原來是指傳說中的鬼怪，由於鬼怪能「迷惑他人」，因此又引申出有「迷惑」的意思。此一迷惑的概念又進一步引申出「吸引他人」的意思，所以有「魅力」一詞的出現。

在我們所使用的詞語當中，同時具有「媚力」與「魅力」二個詞語，因此往往會有混用的情形出現，例如：「魅力四射」有時會被誤寫成「媚力四射」，意思就完全走樣了。實際上「媚力」是指因女子透過「嬌媚、撒嬌」的方式，來吸引他人的注意或關注，「魅力四射」則是行為者本身散發出令人著迷且光芒四射的吸引力。兩者的意思與用法是不一樣的。

中國歷史上，第一位女皇帝為唐代的武則天，她本來的名字為何已經無法得知，只知她因唐太宗的賜號，被稱為「武媚娘」。根據《新唐書．后妃列傳》的記載，武后的父親叫做「武士彠」。唐太宗在位時，聽說武士彠的次女長得很漂亮，因此想召她入宮當「才人」，當時她只有十四歲。

臨行時，武后的母親哭得非常傷心，但是武后卻表現出安然自在的樣子，並且勸她的母親說：「能夠進宮面見天子，怎知不是我的福分？何必要哭得如此傷心呢？」等到進宮面見唐太宗，太宗賜號為「武媚」，因此她才被稱為「武媚娘」。

肓 ㄏㄨㄤ huāng　盲 ㄇㄤˊ máng

病入膏「~~盲~~」！

這樣用就對了！

在街頭上，不時可看到熱戀的年輕男女親密擁吻，彷彿強力放射的閃光彈，令人不敢直視。於是，時下的大學生便以「放閃光」這個有趣的詞彙，稱呼情侶在公開場合的親熱行為。

然而，會為愛**盲目**、大放閃光的可不限於人類。動物不僅也會放閃光，而且是不同種的一起放。英國一個溼地保護基金會的工作人員，在英格蘭西南部發現，鵝類的斑頭雁和鴨類的綠頭鴨，竟談起超越物種限制的戀愛。按理說，鵝類比較喜歡待在陸地，但為了接近所愛，這隻斑頭雁的游泳時間，竟遠遠超過正常的雁。沒人知道這究竟是怎麼一回事，唯一確定的是，如果愛情是一種疾病，這隻雁子顯然已經**病入膏肓**。

	盲	肓
部首	目	肉
筆畫	8	7
簡體字	盲	肓
草書	盲	肓
行書	盲	肓
隸書	盲	肓
小篆	盲	肓
金文		
甲骨文		

◯搞清楚弄明白

「肓」與「盲」在字形上很相近，但是讀音與字義卻全然不同。「肓」指的是人體內部心臟以下、橫膈膜以上的部位，即《說文解字》提到的「肓，心下鬲上也。从肉，亡聲。」至於「盲」字則是指沒有視力的人，《說文解字》的記載為：「盲，目無牟子也。从目，亡聲。」之後引申出有「認不清事理」的意思，如「盲目」、「盲點」、「盲從」等；或者引申指「缺少某方面的知能」，如「文盲」。

從《說文》的解釋來看，「肓」與「盲」都是形聲字，由於「肓」本指人體的部位，因此字形下半部要寫成「月（肉）」；「盲」字則為看不見的意思，因此字形下半部要寫成「目」。兩個字在筆畫上只有一畫之差，書寫時必須特別小心留意，否則「病入膏肓」寫成「病入膏『盲』」，就會讓人誤以為是眼睛出了問題。或者把「導盲犬」寫成「導肓犬」，則更加令人不知所謂為何了。

關於「盲」這個字，在佛經有一則譬喻的故事，提到有一位國王，命令他的臣子牽來一頭大象讓一群盲人認識。當每一個盲人都用自己的手去觸摸這頭大象以後，臣子就回報國王任務已經完成。

接著，國王就把所有盲人都叫來，詢問他們所認識的大象是什麼樣子。摸到象牙的人說：「大象長得就像蘿蔔一樣。」摸到耳朵的人說：「長得跟畚箕一樣。」摸到大象頭的人說：「就像石頭一樣。」摸到鼻子的人說：「就像棒杵一樣。」摸到象腳的人說：「就像舂米的木臼一樣。」摸到大象背部的人說：「大象就像床一樣。」摸到大象腹部的人說：「就像甕一樣。」摸到尾巴的人則說：「就像繩子一樣。」

其實，在這一則故事裡，大象是「佛性」的象徵，這一群盲人則是象徵著「無明的眾生」，他們執著於自己所認為的「佛性」的部分，卻不知自己所看見的「佛性」其實都不完整。這個典故也就是成語「盲人摸象」的來源，表達的是以偏概全，不了解真相的意思。

另外，「盲人摸象」這個故事，還曾被用來設計成謎語的謎題喔！請問，「盲人摸象」可猜一句成語，不知你猜到了嗎？

謎底：不識大體[1]

1 資料來源：網址：miyu.911cha.com

靡 ㄇㄧˇ mǐ　糜 ㄇㄧˊ mí

部首：非　米
筆畫：19　17
簡體字：靡　糜
草書
行書
隸書
小篆
金文
甲骨文

他一夕成名後，生活「靡」爛

這樣用就對了！

在西洋流行音樂史上，**風靡一時**的披頭四樂團主唱約翰藍儂（John Lennon），在歌迷心目中的地位是神聖而不可動搖的。因此，當女神卡卡（Lady Gaga）彈奏約翰藍儂白色鋼琴的照片在網路上曝光，隨即引起藍儂歌迷們大加撻伐，認為卡卡沒有資格彈這臺鋼琴。

讓卡卡彈奏這鋼琴的藍儂兒子西恩（Sean）對歌迷們的反應覺得很奇怪，他說，琴本來就是要給人彈的，即使藍儂仍在世，也不會這麼小氣。

披頭四當年成名後，吸毒且生活**糜爛**，還宣稱「披頭四比耶穌更偉大」。藍儂當年的大放厥詞和奇特行徑，和今日的卡卡比起來，有過之而無不及，粉絲們努力維護的，或許只是自己心目中不容被破壞的美好印象。

◎搞清楚弄明白

「靡」字是分散下垂的樣子，《說文解字》解為：「披靡也。」《漢書．項羽傳》：「漢軍皆披靡也。」就是指漢軍遭遇到項羽的部隊，被打得潰不成軍。「靡」還有「無」、「小」等用法，例如：《詩經．大雅．蕩》：「靡不有初，鮮克有終。」「靡不」就是「無不」的意思。

「糜」字原義是指「粥」，現在閩南語仍稱稀飯為「糜」，引申有糜爛之意，劉熙《釋名》解釋「糜」為：「煮米使糜爛也。」另外，「糜」還有浪費的意思。值得一提的是，「靡」與「糜」有些時候可以互通，《辭海》在解釋這兩字的時候指出，形容「爛」或是「浪費」時，這兩個字可以互用，所以「靡靡之音」可寫成「糜糜之音」；「萎靡」可寫成「萎糜」；「奢靡」可寫成「奢糜」。

雖然「靡」與「糜」在某些時候可以相通，但卻不是可以無限制的相通，例如「望風披靡」、「所向披靡」就不宜寫成「望風披糜」、「所向披糜」，否則披著一身稀飯的樣子很難令人聯想到「所向披靡」的威風。

有關「糜」字最經典的故事見於《晉書》中晉惠帝的名句：「何不食肉糜？」當時由於天災人禍不斷，百姓沒飯吃，活活餓死。惠帝聽見臣下報告，同情之餘又大惑不解，問道：「百姓為甚麼不吃肉糜呢？」也就是問，那些餓肚子的人，為何不用碎肉煮稀飯吃。後世就常以此句來形容不知民間疾苦的人。

臺灣俗諺也有許多關於「糜」的絕妙之句，例如：「某張[1]伓[2]蓋被，尪氣伓吃糜」，很鮮活地描述夫妻在日常生活中鬧脾氣的景象，令人莞爾。「也著箠也著糜」是指對孩子要恩威並施，也就是西方所謂「胡蘿蔔與棍子」理論。此外，還有招待賓客的分寸：「七分酒，八分茶，九分飯，十分糜。」指主人替客人斟酒要斟七分滿，倒茶要倒八分滿，盛飯要盛九分滿，裝稀飯要裝十分滿。

1 「張」是指撒嬌、鬧脾氣的意思。
2 「伓」是不要的意思，讀作/m/

摹 ㄇㄛˊ mó　摩 ㄇㄛˊ mó

部首	手	手
筆畫	15	15
簡體字	摹	摩
草書	摹	摩
行書	摹	摩
隸書	摹	摩
小篆	摹	摩
金文		
甲骨文		

「~~摹~~」拳擦掌，躍躍欲試

✓這樣用就對了！

鶯歌女藝術家楊莉莉，鑽研青花藝術三十年，曾以青花蝶設計入選國宴餐具，作品也成為歷屆總統贈送外賓的贈禮。不過，出身陶瓷公司畫工的她，在打響「楊莉莉青花」的品牌以前，也有過一段苦日子。

喜歡畫畫的她不甘屈就女工，不惜花費大半薪水在外拜師，並拚命**臨摹**自學。創業之初，因為手頭吃緊，沒有工廠，也缺窯來燒陶瓷，讓她由陶瓷公司的工作經驗發想，去找能支援自己的衛星工廠，**摩拳擦掌**，不斷嘗試各種釉料與燒試片，終於燒成了獨家青花瓷而一舉成名，也印證了「努力不一定會成功，但成功一定要努力」這句老話！

○搞清楚弄明白

「摩」字，也就是研磨之意，《說文解字》解釋為「揅（音ㄧㄢˊ）」，與「磨」

字的意思幾乎相同。不過，一個從「手」部，一個從「石」部，運用的時機仍有些許不同。除了摩擦的本義，「摩」還引申為切磋、研究，以此為義的常用詞彙並不少，如「觀摩」等。我們也可由此知道「摩」包括了有形的和無形的意涵。此外，「摩」還有一個用法，就是「逼近、緊靠」，例如「摩天大樓」。

「摹」本為「規範、法度」，後引申為「效法、描寫」的意思，我們常說的「摹倣」、「臨摹」、「摹擬」等，都是以既有的「規範、法度」為「效法、摹寫」的對象。

「摩」跟「摹」的字音、部首與筆畫都相同，在口語中不易發現，卻常在行文上誤用。例如將「觀摩」寫成「觀摹」；「摹擬」寫成「摩擬」。「摩」有相互間交流的意味，像雙掌摩擦一樣，立足點是相當的，所以「觀摩」意指雙方心得與經驗的交換；「摹」字則有追隨效法的意思，因而「摹擬」通常是指先有一個對象，提供給後來的人摹倣學習，所以解釋上乃傾向於單向。若能將這個關鍵釐清，也就不容易誤用。

《孟子．盡心上》有一段有關墨子的敘述：「墨子兼愛，摩頂放踵，利天下為之。」之後，「摩頂放踵」就被拿來形容為拯救世人不辭勞苦，致使自己從頭到腳都磨破、受傷。這種「利他」的俠義精神，是先秦諸子中最具宗教情懷的典型，而「墨家」在當時確實也掀起一陣旋風，感召了許多熱血之士參與濟世救人的工作。

雖然孟子批評墨子所提出的「兼愛」沒有遠近親疏之分，而有違倫常之道，但相對的，莊子對於「墨家」的理想性格卻很推崇，只是認為這種情懷難以在現實世界落實。後來「墨家」的發展雖然也證實了莊子的看法，但是，我們也不得不佩服這樣的精神，確實是一種極高的人格典範。

	覆	複
部首	襾	衣
筆畫	18	15
簡體字	覆	复
草書		
行書		
隸書		
小篆		
金文		
甲骨文		

覆 ㄈㄨˋ fù　複 ㄈㄨˋ fù

不要再重蹈「~~複~~」轍了！

✓這樣用就對了！

二十五年前紅極一時的電視劇「星星知我心」，讓年僅兩歲的童星小彬彬爆紅；二十五年後，小彬彬的兒子——四歲的小小彬，則在偶像劇「下一站，幸福」中異軍突起，不禁令人驚嘆父子命運的**重複性**。

雖然小小彬的超人氣，讓爸爸小彬彬有接不完的通告，但也有看不過去的網友，認為不該讓這麼小的孩子只上通告不上學，而在網路上組成「拒看小小彬」的社群。不過，小彬彬保證，自己嘗過沒有童年的苦，他絕不會讓兒子**重蹈覆轍**。「名利」與「正常快樂的童年」之間如何抉擇？恐怕是每個童星家庭都必須謹慎思索的課題。

○搞清楚弄明白

「覆」字的本義有「反過來」及「蓋住」兩種說法，《說文解字》說：「覆，覂（音ㄈㄥˇ）也。从襾（音ㄧㄚˋ），復聲。一曰：蓋也。」段玉裁進一步加以解釋：「覆、覂、反三字雙聲。又部『反』下曰：『覆也。』反覆者，倒易其上下。」

簡單來說，首先「覂也」所指的是原本朝上的物件反過來朝下，如「翻覆」、「傾覆」；其次「蓋也」所指的是物件置於某物之上，如「覆蓋」、「被覆」。而後，「覆」又從「反」引申出「往返」的意義，如「回覆」、「覆函」；以及「再次」的意思，如「重覆」。

「複」字的本義顯然與穿著的衣物有關，《說文解字》解釋為：「重衣也。从衣，复聲，一曰：褚衣。」「重衣」所指的是有夾裡的衣服；而「褚衣」指的就是棉衣。「複」字後來又從「重」進一步引申出「重疊」、「多重」的意涵，如「複數」、「繁複」、「複雜」，以及「再次」的意思，如「複習」、「複述」。「複」字的本義「重衣」現今已不常使用，常見的反而是其引申後的意思。

「覆」與「複」兩字在形、音上都有相似之處，某些時候又可以通用，使用上常見混淆。會將「重蹈覆轍」誤寫為「重蹈複轍」，多半是因為並不真正清楚這句成語的意思，因而誤用。「重蹈覆轍」主要是指再次犯下同樣的錯誤，很多人可能是因為「再次」的概念，將「覆」與「複」混淆了。

事實上，「重蹈覆轍」的原意是「再次經過車子翻覆的地方」，所謂「再次」的概念是「重」字的意思，而「覆轍」指的是車子翻覆，因此不能用「複轍」一詞。只要能夠明白「重蹈覆轍」這一句成語的原意，自可避免這種誤用的情形。

關於「覆」字，有一句成語「覆水難收」，其意是指「既成的事實無法改變」；亦常用於形容「夫妻感情破滅，難以挽回」的情形。其典故來源有二：一說是周朝姜子牙尚未發跡時，其妻馬氏不堪貧窮而離去，待姜子牙發跡，又前來要求復合，姜子牙遂以水潑於地作為答覆。

另一說是漢代朱買臣早年以賣柴維生，其妻因貧窮而求去，後來朱買臣當了官，又來求復合，朱買臣開出條件，只要她能把潑於地上的水收回來，就允其所請。這兩則故事都啟發世人，做人不應嫌貧愛富，我們是否也應該以此為戒呢？

裴 péi ㄆㄟˊ　斐 fěi ㄈㄟˇ

	斐	裴	婓	蜚
部首	文	衣	女	虫
筆畫	12	14	11	14
簡體字	斐	裴	婓	蜚

草書、行書、隸書、小篆

金文

甲骨文

成績「裴」然，「斐」聲中外

這樣用就對了！

義大利向來是**蜚聲中外**的觀光勝地，但近年來卻陸續爆發垃圾危機！先是二〇〇七年南部大城拿坡里（Napoli），由於垃圾場爆滿、焚化爐遲遲未建，導致二十五萬噸垃圾堆積街頭，使當地失去從前觀光客絡繹於途的榮景，許多店家也因客人太少而陸續倒閉，震驚國際。二〇一〇年，垃圾危機很可能再度上演，但這次的受害者換成義大利西西里島首府、**文采斐然**的大文豪歌德盛讚為「世界上最美海峽」的巴勒莫（Palermo）。

垃圾問題總會牽扯到政治，當年拿坡里共有八位官員因而下臺，如今巴勒莫的垃圾危機，可預見同樣也將造成地方政治勢力重新洗牌。

斐 ㄈㄟ fēi

蜚 ㄈㄟ fēi

◎搞清楚弄明白

「斐」的本義指顏色或花紋相錯，現在則多指有文采的樣子，也有「出色」之意。《說文解字》說：「斐，分別文也。从文，非聲。」清代段玉裁注解：「許云『分別』者，渾言之則為文，析言之則為分別之文。」至於「文」，《說文解字》說：「文，錯畫也。象交文。」可見「文」原本就有「花紋」之意。

「裴」的本義是衣服很長的樣子，現在常用於姓氏或地名，《說文解字》說：「裴，長衣皃。从衣，非聲。」

至於「婓」字有兩義，一指來來往往的樣子，一指很醜的樣子，《說文解字》提到：「往來婓婓也。一曰：大醜皃。从女，非聲。」

「蜚」字念做「ㄈㄟˇ」時，是蟲的意思；念做「ㄈㄟ」，則通「飛」，意思是沒有根據的、不實的。例如「蜚短流長」、「流言蜚語」就是到處流傳的不實言論、閒言閒語。

由於字形相近，發音相似，使這四字常有誤用的情形，例如「成績『蜚』然」、「成績『裴』然」等詞，其實正確的寫法應該是「成績『斐』然」，指成就很出色。另外「『斐』聲中外」一詞也是錯的，應寫成「『蜚』聲中外」，意思是名聲傳播於國內國外。

「句踐復國」的故事膾炙人口，在句踐復仇的過程中，有兩個很重要的臣子，一是范蠡，一是文種。句踐能復國成功，他們兩人可說是功不可沒。但事後范蠡沒有接受任何賞賜，飄然退隱。當時他曾寫信給文種，說：「蜚鳥盡，良弓藏；狡兔死，走狗烹。越王為人長頸鳥喙（音ㄏㄨㄟˋ），可與共患難，不可與共樂。子何不去？」前四句意指打獵時如果飛鳥都獵光，再好的弓也沒用武之地；抓到敏捷的兔子後，獵犬就沒用了，而會被煮來吃掉。

范蠡認為句踐雖可與人共度危難，卻無法共享幸福，勸文種快離開，以免招來殺身之禍。然而，文種終究沒有聽從范蠡的勸告。後來有人向句踐誣陷文種，於是句踐賜劍給文種，暗示自己容不下他，逼文種自殺。

從這則故事衍生的成語「兔死狗烹」與「鳥盡弓藏」，都是比喻一個人雖可共患難卻不可同安樂，或是東西沒有用處的時候，就被丟棄。

誹 ㄈㄟˇ fěi　緋 ㄈㄟ fēi

部首
言 糸

筆畫
15 14

簡體字
诽 绯

草書
誹 緋

行書
誹 緋

隸書
誹 緋

小篆
誹 緋

金文

甲骨文

不要想入「緋」「誹」！

✓這樣用就對了！

網路傳播力無遠弗屆，但對法律常識認知不足的年輕人，如果利用網路，隨便散播誹謗他人的資訊，就可能觸及網路**誹謗**。

美國獨立檢察官史達，曾將美國前總統柯林頓**緋聞**案的調查報告公開上網，讓所有人都能看到。但史達可以這麼做，是因為他具有檢察官身分，且其調查內容有憑有據，加上柯林頓是世界性的公眾人物。

若是一般人，隨便以寄電子郵件的方式，散布會妨害他人名譽的訊息，就有觸法之可能。年輕人悠遊網路世界時，還是得謹慎小心為上。

○搞清楚弄明白

「緋」本義是紅色的布，所以才從「糸」部，《說文解字》說：「緋，帛赤色也。从糸，非聲。」而「誹」則從「言」部，是罵人的意思，後來有「誹謗」一詞的使用，所以《說文解字》說：「誹，謗也。从言，非聲。」

「緋」的本義與布有關，《水滸傳》第六十三回：「人人帶茜紅巾，個個齊穿緋衲（ㄋㄚˋ）襖（ㄠˇ）。」宋代雜劇界，有一「緋綠社」，就是因為他們穿的衣服不是紅色就是綠色而得名。後來也可以借代為「紅色」，如《儒林外史》第二十三回：「萬雪齋聽了，臉就緋紅，一句也答不出來。」現代人在新聞上，把有關男女之間的情事稱為「緋聞」，「緋聞」一詞就這樣傳用了。

誹有訕罵的意思，所以才引申出「誹謗」一詞，《淮南子．主術》說：「堯置敢諫之鼓，舜立誹謗之木。」這裡「誹謗」與「敢諫」並列，可見都有警惕他人的意思。也就是說，「誹謗」一詞或許是逆耳之言，但未必是不好的言語。

然而，《論衡．累害》說：「身完全者謂之潔，被毀謗者謂之辱。」就把「毀謗」與「誹謗」通用了，如同現今的用法，大多指「惡意中傷人的言語」，如《紅樓夢》第九回：「那些不得志的奴僕們，專能造言誹謗主人。」又如《史記．高祖本紀》：「誹謗者族，偶語者棄市。」這是指秦代的法律嚴苛。

因此，我們現在說「誹謗」或「毀謗」都可以，法律上也有一條「毀謗」罪，因為兩字都有「惡意中傷」之意，有時也用「謗毀」一詞，如《五代史平話．周史》卷下：「唐主探問得二將交怨，卻密地將蠟書招誘重進反叛，無非是謗毀反間的言語。」「毀謗」、「誹謗」意義雖通，但在讀「誹謗」一詞時，要注意是「ㄈㄟˇ」謗，可不要念錯了。

繁 ㄈㄢˊ fán　煩 ㄈㄢˊ fán

	凡	繁	煩
部首	丶	糸	火
筆畫	3	17	13
簡體字	凡	繁	烦

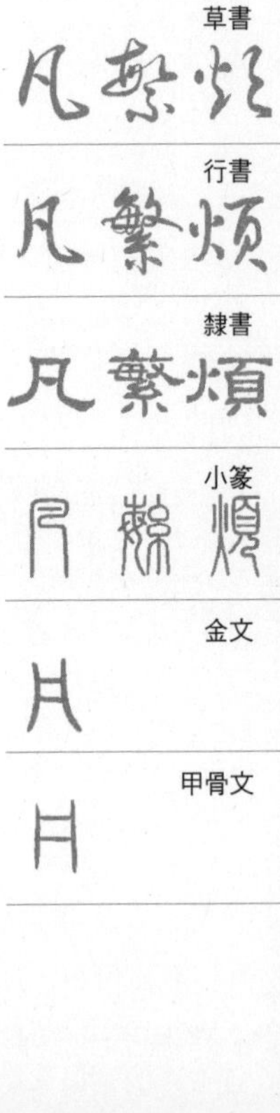

他被狗仔跟拍，不勝其「~~繁~~」？

✓這樣用就對了！

「狗仔」在多數人心目中，是鬼鬼祟祟跟拍名人的記者，把藝人出外渡假、逛街試衣、甚至在家中的隱私都攤在陽光下，令許多名人**不勝其煩**。不過，如今彰化縣的「環保狗仔」，偷拍的目標不再是藝人，而是街頭亂丟垃圾的民眾。

由於彰化縣環保局的檢舉獎金優渥，一張一千二百元的罰單，環保狗仔可拿到三百六十元，使「專業」的環保狗仔從二〇〇九年兩人，增加到二〇一〇年的十人。因為穿著與**凡人**無異，一般人很少注意到他們的存在，讓這些狗仔樂得大賺檢舉獎金。

當「狗仔」不是揭發個人隱私，而是揪出對社會眾人有害的事，他們也在發揮正面力量。

凡

ㄈㄢˊ

fán

◎搞清楚弄明白

「煩」字若從左右偏旁來判斷它的本義，就是頭痛得像是受到火燒烤一般，正如《說文解字》所言：「熱頭痛也。從頁，從火。一曰：焚省聲。」可見有多麼的「煩惱」、「煩心」、「煩悶」了。

至於「繁」，本義是「集絲條下垂為飾」，引申為「繁多」，《說文解字》有一個長得和它很像的字「緐」，本義是「馬髦飾也」。因為俗體字「繁」的出現，取代本來的字，使得本來的字形以及字義都漸漸不為人知，只剩下引申字和引申字義。後來「繁」字還被《周禮》假借為「鞶」（音ㄆㄢˊ），指的是馬的大帶。

「凡」則是一切事物的統稱，根據《辭海》的解釋是「統計及總指一切之辭」，自然就和「庸常塵俗」關聯起來了，如「凡夫」、「凡人」、「凡庸」、「凡夫俗子」。

因此，「煩」是會引起頭痛的著急感覺，「繁」是用好多絲線聚集而成的馬飾品，「凡」是總稱以及平常的意思。在字詞使用上，「凡」跟另外兩字沒有關係，不容易犯錯，但是「煩」、「繁」由於意思相近，因此也容易混淆。一般來說，「繁」是「讓人覺得好的事情」，例如「經濟繁榮」、「繁華的城市」。可是「煩」是「令人討厭的感覺」，例如「煩惱」、「煩囂」、「煩懣」（音ㄇㄣˋ）等。所以當然是「不勝其煩」才對。

《世說新語》有個關於「凡」字的趣事；有天呂安去找好友嵇康，結果嵇康不在家，出來招呼的是嵇康的哥哥嵇喜。呂安瞧不起平凡的嵇喜，連門也不願意進去，只在門口上寫著一個「鳳」字就走了。平庸的嵇喜以為呂安是稱讚他，非常高興；然而，「鳳」字在《說文解字》中是「从鳥，凡聲」，可以拆成外面的「凡」和中間的「鳥」，合起來就是「凡鳥」，即「笨鳥」之意。

也就是說，呂安並不是稱讚嵇喜，而是在笑他凡庸呢！不過，比起呂安的驕傲狂妄，做人還是平平凡凡比較幸福，但是平凡不表示不要「用心」，因為一旦「失去凡心」，就只剩下「几」，連人都做不成囉！

憤 ㄈㄣˋ fèn 奮 ㄈㄣˋ fèn

部首	心	大
筆畫	15	16
簡體字	愤	奋

草書 行書 隸書 小篆 金文 甲骨文

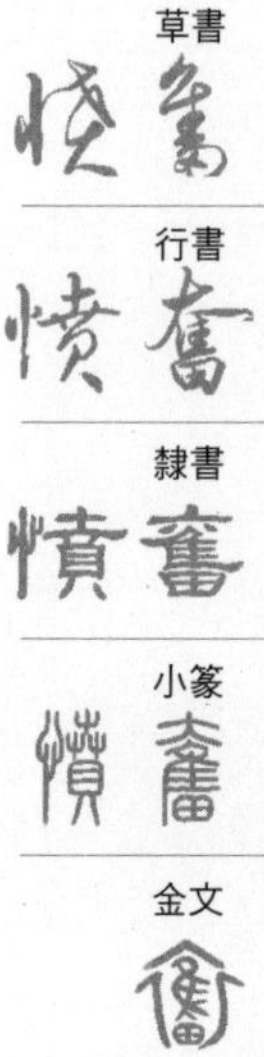

「憤」發向上，化阻力為助力

這樣用就對了！

人生遭遇重大挫折，能積極面對，往往能將挫折轉為成功的助力。清華大學資工研究所一名莊姓女學生，十三歲那年因一場車禍，視力退化至〇．〇二，幾近全盲，卻以不服輸的毅力**發憤圖強**，靠放大鏡、望遠鏡輔助，一路從桃園武陵高中念到清大資工系，再經由推甄進入系上的研究所。

由於視力嚴重退化，別人能反覆翻書讀好幾遍，她只有時間讀一遍，因此讓她練就驚人的記憶力。透過演講，她向許多青年學子分享生命歷程，鼓勵他們**奮發向上**，還有出版社找她出書。可見決定人生高度的因素，不在於個人資質和身家條件，而在於自己的態度。

搞清楚弄明白

「奮」字的本義是指鳥振動翅膀飛翔。根據《說文解字》記載：「奮，翬（音

ㄏㄨㄟ）也。从奞（音ㄙㄨㄟ）在田上。」字形上半部的「奞」即是指鳥張開翅膀，下半部的「田」則為田野，所以有鳥在田野之間振翅飛翔的意思。後來則引申有「振作」、「努力」的意思，常用的詞語，有：「奮發向上」、「奮鬥」等。

至於「憤」字的本義則是氣惱、怨怒。所以《說文解字》說：「憤，懣也（音ㄇㄣˋ）。从心，賁聲。」常用的詞語，有：「悲憤」、「氣憤」、「發憤圖強」、「憤世嫉俗」、「憤恨不平」等。

「奮」與「憤」兩字因為讀音相同，在我們使用的詞語當中，同時存在「奮發」、「奮發圖強」、「發憤」、「發憤圖強」等詞語，再加上「奮發」與「發憤」等詞的意思相近似，因此在使用上經常混淆。

事實上，這兩組詞還是有區別的，根據《教育部重編國語辭典》對「發憤」一詞的解釋為「自覺不滿足，而奮力為之」，可知「發憤」一詞在語義色彩上，具有因內心不滿、對自我的期許而下定決心去做某事的意思。至於「奮發」一詞的解釋則為「激勵振作」，乃是單純的內心振奮、振作，不帶有「決心做某事」的含意。

另外，在字序的排列上，「奮發」有時可寫成「發奮」，意思並沒有改變，但是「發憤」則不能寫成「憤發」。至於成語「發憤圖強」、「發憤忘食」等，同樣也是不能把「憤」字寫成「奮」。

關於「發憤」一詞，《三字經》裡有：「蘇老泉，二十七，始發憤，讀書籍。彼既老，猶遲悔，爾小生，宜早思。」這一段文字，是指蘇洵二十七歲才開始發憤讀書，並後悔自己學習得太晚，藉以奉勸世人讀書宜趁早。希望各位讀者皆能把握年少，「奮發向上」，勇於追尋夢想的實現。

調 ㄉㄧㄠˋ diào　掉 ㄉㄧㄠˋ diào

	調	掉
部首	言	手
筆畫	15	11
簡體字	调	掉

草書　行書　隸書　小篆

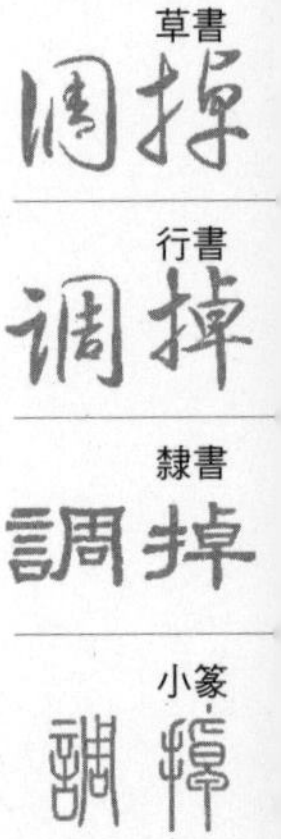

金文

甲骨文

一言不合，可以「調」頭就走嗎？

✓這樣用就對了！

一九九五年《教師法》修正後，公立學校老師從統一分發，改由各校教評會決定，雖強化了各校的教師聘任權，但對不適任教師的處理，卻是停滯不前。新竹縣曾爆發一起國小女童遭受導師情緒暴力，導致女童有「情緒障礙」，需長期接受心理輔導。可是，該教師不僅未曾道歉，就連學校也「沒辦法動他」。

為何不適任教師會**尾大不掉**？因為教評會由學校同僚組成，老師、校長的職位都須得到教評會同意，自然難以「下手」。除非法律判刑確定，老師就算有精神病，只要吃藥控制就還可以繼續任教。如何修正《教師法》，保障學生權益，是相關單位必須正視的問題。

○搞清楚弄明白

「掉」的本義，是搖擺、擺動，《說文解字》說：「掉，搖也。从手，卓聲。」

《春秋傳》曰：『尾大不掉。』」「尾大不掉」這則成語的意思是當尾巴過大，就不容易擺動，比喻下屬勢力龐大，上位者就難以管理、控制。

不過「掉」現在卻往往當「落下」解釋，例如「掉落」、「掉下」；或將「掉」置於動詞之後，表示動作完成，例如「丟掉」、「忘掉」；另外「掉」也有對換、更換之意，如「掉包」、「掉換」；或有「轉動」、「回轉」之意，如「掉頭」、「掉過來」。

至於「調」，現在有兩種發音，一是音「ㄊㄧㄠˊ」，另一是音「ㄉㄧㄠˋ」。「調」（音ㄊㄧㄠˊ）的本義是「和諧」，後又引申出「使和解」，如「協調」；也有「混合」之意，如「調色」、「調味」等。《說文解字》對「調」的解釋是：「和也。从言，周聲。」

不過，當「調」念「ㄉㄧㄠˋ」時，表示更動，如「調職」；也有「互換」之意，如「調包」、「對調」。我們可以發現，雖然「調」和「掉」本義不同，到後來都有「互換」的意思，因此容易混用，例如「掉頭就走」寫成「調頭就走」，但在這裡，「掉頭」的「掉」是當「轉動」解釋，並非「互換」，不可用「調」。

可見要分辨這兩字，須看它們解釋成什麼意義，如果當「互換」時，則「掉」、「調」皆可，但除此之外，兩個字就不一定能通用了，必須根據意義選擇適合的用字。

《史記．淮陰侯列傳》記載：「且酈生一士，伏軾掉三寸之舌，下齊七十餘城。」這裡的「酈生」指的是劉邦的謀士「酈食其」（音ㄌㄧˋ ㄧˋ ㄐㄧ），當年酈食其憑著三寸不爛之舌，成功地拿下了齊國七十幾座城池，但消息傳出，韓信卻發兵攻打齊國，使齊王誤以為被酈食其出賣，便殺了酈食其。成語「掉三寸舌」，意為「鼓動舌頭，進行遊說」，就是源於這個故事。

另外，《史記．酈生傳》說，酈食其投靠劉邦時，曾以「謁」求見。「謁」其實就是古代的名片，當時因為還沒發明紙，所以名片是用竹木作成，後來有了紙，「謁」也就有「名紙」（即「名片」）的別稱。《史記》的這段記載，也是我們目前所見的文獻中，最早使用名片的紀錄。

帶 ㄉㄞˋ dài　戴 ㄉㄞˋ dài

	帶	戴
部首	巾	戈
筆畫	11	17
簡體字	带	戴

草書　行書　隸書　小篆　金文　甲骨文

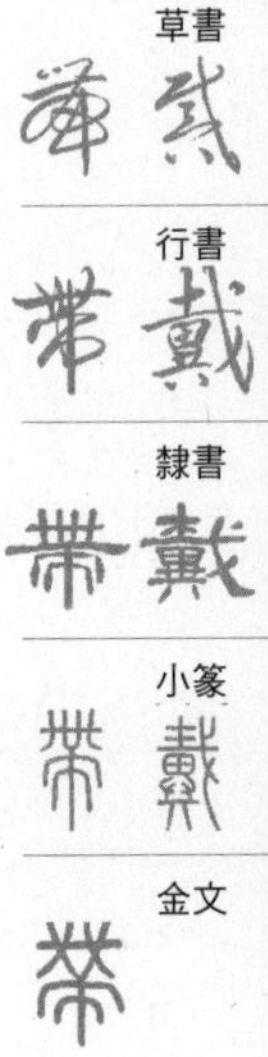

她如此受人愛「~~帶~~」、景仰

✓這樣用就對了！

《空中英語教室》是臺灣許多國、高中生常用的課外英文讀物，其廣播節目也廣受歡迎，從經濟起飛的七〇年代至今，始終是英文學習的首選。但是你知道嗎？創立《空中英語教室》的彭蒙惠，除了是個受人**愛戴**的英文教育者外，也是個熱忱的傳教士。

彭蒙惠十二歲那年立下來臺服務的志願，雖然在場沒一個大人當真，但她卻堅守這個承諾，於二十二歲離開故鄉西雅圖。來臺傳教的她，有鑑於當年積極發展出口的臺灣需要英文教育，便開辦廣播節目「空中英語教室」，無意間成為臺灣英語教育的**帶領**者，勤勉耕耘，數十年如一日，如今雖已八十多歲，依舊不改其志。

◎搞清楚弄明白

「戴」的本義是把物品附加、增益、加諸於上，例如：戴眼鏡、戴花等。以頭頂著的情況也稱為戴，如：戴帽子、披星戴月等。而後引申有尊奉、擁護、推崇之意，如：愛戴、擁戴等。戴也是姓氏，例如：戴德、戴聖等。《說文解字》說：「戴，分物得增益曰戴。从異，𢦏聲。」段玉裁注解：「引申之，凡加於上皆曰戴。」

「帶」原指束衣的大腰帶，如：皮帶、腰帶等；而後引申泛指長條狀的物體，例如：海帶、領帶等，《說文解字》說：「帶，紳也。男子鞶（音ㄆㄢˊ）帶，婦人帶絲。象繫佩之形。佩必有巾，从巾。」帶也可指繫物的帶子，如：鞋帶、襪帶、尼龍帶。又可指劃分地面區域、地區，如：寒帶、林帶、黃道帶等。

「帶」轉化成動詞時，有隨身攜著、佩掛之意，如：帶劍、攜帶、帶孝等。帶又可解釋為附帶、連著、順便做，例如：連帶、連說帶笑、話中帶刺等。帶還有領導、率領之意，如：帶領、帶頭。

「戴」和「帶」兩字同音，語意上也有些類似。例如：「佩帶」、「佩戴」兩詞是否相同呢？其實兩個語詞都解釋為「將物品繫掛在身上」，然而，若繫掛的物品是隨身攜帶，我們用「佩帶」，例如：胸前佩帶著識別證；若特地將物品繫掛在身上，則用「佩戴」，例如：她佩戴一隻新錶才出門。現今這兩個詞彙使用的情況已屬通用，然而仍須注意：「配戴」，是搭配佩戴之意，而「配帶」則是錯誤的用法。

成語「張冠李戴」，原本是在暗罵武則天，這是出自唐朝的諺語「張公帽兒李公戴」。「張公」指的就是武則天的寵臣張易之，「李公」便是武則天的丈夫高宗，當時人可能用這句話來暗諷武則天不守婦道，私生活淫亂，就好像把姓張的帽子誤戴到姓李的頭上。與此意思相近的諺語，還有「張公喫酒李公醉」、「張三有錢不會使，李四會使卻無錢」等。後來「張冠李戴」這個成語就從這裡演變而來，現今用以比喻名實不符或弄錯事情、對象。[1]

1 此處參考成語典：http://dict.idioms.moe.edu.tw/chengyu/sort_pho.htm

耽 ㄉㄢ dān　眈 ㄉㄢ dān

部首：耳　目
筆畫：10　9
簡體字：耽　眈
草書：耽　眈
行書：耽　眈
隸書：耽　眈
小篆：耽　眈
金文
甲骨文

虎視「~~耽耽~~」！就連老虎都沉迷了

✓這樣用就對了！

夏日炎炎，動物園很怕動物「熱死了」，祭出各種降溫妙招。根據報導，韓國動物園為了替北極熊降低體溫，提供的夏日特餐，是用冰塊包起來的鯖魚，以及冰凍的西瓜和蘋果。

臺北市立動物園也為動物們製作蔬果冰、柳葉魚冰、肉汁冰、竹筍冰。金剛猩猩會拿起大冰塊躲到隱密處獨自享用，歐亞水獺則是較為小心，當柳葉魚冰浮在水面時，先是**虎視眈眈**，直到魚從冰塊中脫離才敢吃。

湖南長沙動物園也為熊貓裝冷氣，還在動物「宿舍」屋頂設噴水裝置。因此，動物園遊客看到的有趣畫面是，凶猛的獅子和老虎**耽溺**在水霧中享受清涼，幾乎沒有雄赳赳的氣勢。

○搞清楚弄明白

「耽」字的本義為「耳朵大而下垂」，後來假借為「媅（音ㄉㄢ）樂」的「媅」字，所以「耽」字就有了「快樂」的意思。之後又引申出「沉迷、沉溺」以及「延遲、延誤」的用法，前者如：「耽溺」、「耽湎」，後者如「耽誤」、「耽擱」等。許慎《說文解字》說：「耽，耳大垂也。从耳，冘聲。《詩》曰：『士之耽兮。』」

段玉裁在「《詩》曰：『士之耽兮。』」一句底下作注解時說：「此引《詩》說叚（音ㄐㄧㄚˇ）借也，《毛傳》曰：『耽，樂也。』耽本不訓樂而可叚為媅字，女部曰：『媅者，樂也。』」

至於「眈」則是「注視」的意思，《說文解字》說：「眈，視近而志遠。从目，冘聲。《易》曰：『虎視眈眈。』」《周易．頤卦》說：「虎視眈眈，其欲逐逐。」就是說像老虎般凶狠地注視，一付志在必得的樣子。今日「虎視眈眈」通常用來形容心懷不軌，伺機而動的樣子。

「耽」和「眈」兩字由於字形相近，容易造成書寫上的誤用，例如：「虎視眈眈」常常被誤寫成「虎視耽耽」；「耽溺」、「耽延」、「耽誤正事」等也往往被寫成「眈溺」、「眈延」、「眈誤正事」。從上面的敘述，我們可以知道「耽」字在古代因為常常假借為「媅」字，因此在使用上逐漸取代了「媅」字，並且產生「快樂」、「沉迷」、「延誤」等用法。「眈」字則表示「注視」的意思，所以字形的偏旁從「目」。兩者是不能混用的。

談到「耽」字，唐朝詩人杜甫曾經寫過一首〈江上值水如海勢聊短述〉詩，開頭兩句是：「為人性僻耽佳句，語不驚人死不休。」這兩句詩的意思是指：「我的個性古怪，喜歡追求精鍊創新的詩句，如果寫不出令人驚豔的句子，那就至死都不肯罷休。」杜甫不僅說出了自己創作詩歌的嚴謹態度，另一方面也反映出他的詩歌風格與特色。

徒 陡

ㄊㄨˊ tú　ㄉㄡˇ dǒu

部首	彳	彳	阜
筆畫	11	10	10
簡體字	徙	徒	陡

草書　行書　隸書　小篆　金文　甲骨文

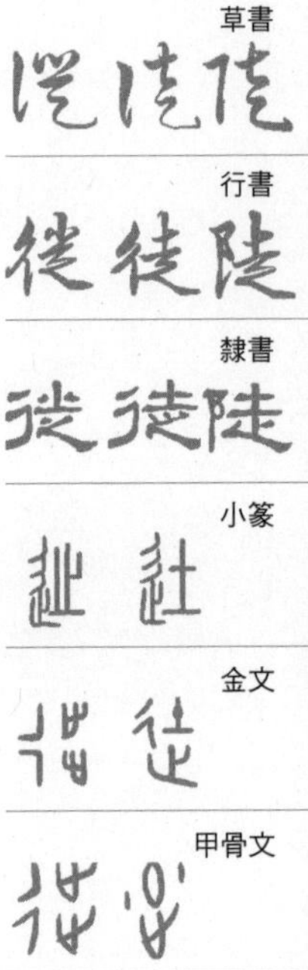

人民有遷「徒」的自由

✓這樣用就對了！

小孩吵吵鬧鬧，常使人感到厭煩，然而，如果有一天，生活中完全沒有小孩存在，那又會是怎樣的光景？蘇格蘭有一個村莊，規定入住村民必須是四十五歲以上的中、老年人，小孩不得入住，雖可來村子裡探望，卻有次數的限制。此外，一家只能養一隻狗，別的寵物通通不准養。奇怪的規矩，讓媒體戲稱此村為「怪人村」。

但當地房仲業者認為，村民只是想維持寧靜優雅的居住環境，才會訂下這些規定。若不喜歡村內規矩，不需要做**徒勞**的抗議，村民能自由**遷徙**，大可直接搬家。沒有小孩與寵物的世界，真的「寧靜」嗎？至少此地的村民是如此認為的。

徙

ㄒㄧˇ

xǐ

◎搞清楚弄明白

「陡」是後起字，原本應寫作「阧」。而「阧」是指陡峭，後來引申有突然的意思。許慎《說文解字》未收「陡」字，另一部古代的韻書《廣韻》說：「阧，阧峻。陡，上同。」《集韻》也說「阧」與「陡」字相同。

「徒」是個形聲字，指的是「以雙腳行走」的意思，《說文解字》說：「步行也。从辵，土聲。」後來引申當名詞使用，有「同類或同派的人」的意思，如信徒、教徒；有「門人或弟子」之意，如徒弟、學徒；也可指「地位低的人（多指壞人）」，如匪徒、暴徒、不法之徒。「徒」當形容詞用，有「空的」意思，如徒手。當副詞使用，表示「但」或「僅僅」，如徒增困擾；也有「平白的」意思，如徒勞無功。

《說文解字》解釋「徙」字說：「徙，迻（音一ˊ）也。从辵止。」字書《廣雅》記載：「徙，移也。」可知「徙」字是指「移動、遷移」。後來由「移動、遷移」的意思引申指「改變、調職」。

「陡」、「徒」和「徙」三字字形十分相近，因此書寫時容易混淆。「徒」和「徙」均從「辵」部，都和腳有關。「徒」是用腳行走，而「徙」則指移動、遷移。「陡」與「徙」字右邊的偏旁相同，差別在於前者為「阜」部，所以「陡」字的概念有傾斜、陡峭的意涵。

成語「徙木立信」，意思是指建立誠信於民的手段。戰國時代的商鞅，原為衛國公子，後來受到秦孝公重用，實行兩次變法，使秦國成為實力最強的國家。他推行變法前，為了要取信於民，便派人在京城的南門立一根三丈高的木杆，並昭告人民：「誰能把這根木杆移到北門口，就給他十兩黃金。」圍觀者都沒有人當真。過了一會兒，商鞅又貼了一張公告，將賞金增加到五十兩黃金。

有一個人向前試試，一口氣將木杆移至北門口，商鞅果真履行承諾，賞他黃金五十兩。這樣的舉動，對新法的推行產生示範作用，人民因此信服商鞅變法，秦國也因而富強。

另外，談到「徒」字，就會想到「少壯不努力，老大徒傷悲」的詩句。典出《樂府詩集．相和歌辭五》：「青青園中葵，朝露待日晞。陽春布德澤，萬物生光輝。常恐秋節至，焜黃華葉衰。百川東到海，何時復西歸。少壯不努力，老大徒傷悲。」詩的內容從「園中葵」說起，借物言理，再用水流到大海後不再回頭做比喻，說明光陰如流水，一去不再回。最後勸導人們，要珍惜青春年華，發憤努力，不要等年老了再後悔。

提 ㄊㄧˊ tí 題 ㄊㄧˊ tí

	提	題
部首	手	頁
筆畫	12	18
簡體字	提	题
草書	提	題
行書	提	題
隸書	提	題
小篆	提	題
金文		
甲骨文		

恭喜你金榜「~~提~~」名

✓這樣用就對了！

上大學是許多學子努力的目標，可是，如果家裡荷包不夠滿，又恰好考上私立大學，那麼**金榜題名**時，恐怕也將是負債的開始。一般私立大學的學雜費約五萬多元，若加上書籍費與住宿費，這筆可觀的費用，讓家境不佳的學生必須**提前**打工，籌措學費。若真無法負擔，雖有就學貸款可申請，解決求學期間部分負擔，然而剛出社會就因念書負債，使新鮮人為此得承受不少經濟壓力。

相較於國外動輒上百萬臺幣的學費，臺灣的高等教育相對而言確實收費不高，可是對許多家庭來說，卻是龐大的開銷。在政府拿出對策前，學生也只好多利用校內、外工讀機會，自求多福了。

○搞清楚弄明白

「題」字的本義是指額頭，《說文解字》說：「題，頟（音ㄜˊ）也。从頁，是聲。」後來並由此引申指物體的前端或頂端，如：榱（音ㄘㄨㄟ，屋椽）題；或指標誌、記號，如：書題、標題、題目、題頭等；或指在器物上書寫具有紀念或標示作用的文字，如：題詩、題字；或指品評、評論，如：品題；或指在奏章上的公文用語，如：題參、題本、題請等。

「提」原本是指懸持著、拎著的動作，如：提包、提燈等，《說文解字》說：「提，挈（音ㄑㄧㄝˋ）也。从手，是聲。」後來引申有控持、執持、引領向上或向前之意，如：提挈、提升、提攜等；或引申有率領、管領之意，如：提兵；或指將犯人從關押之處帶出，如：提審、提犯人；或引申為說起、指出、舉出，如：提起、提出、提議等；或指把預定的期限向前移挪。如：提早、提前。

「題」和「提」不但發音相同，字形也類似，所以在使用上很容易造成混淆。例如想要祝賀考生順利考取，應該用金榜「提」名，還是金榜「題」名？由於「金榜」原指科舉時代在殿試揭曉的榜單，而「題」名是因為高懸殿試外的牌子上標誌錄取者的名字，因此，正確用法乃是「金榜題名」。再如，是「提字」，還是「題字」？由於題字是為了紀念或標示，而在書畫上、器物上署名或題款，並沒有「拉」、「引」之意，所以「題字」才是正確的用法。

古代的科舉考試文化常可見眾生百態。清人宣鼎所著的《夜雨秋燈錄》，記載了生活中的許多見聞，且多寓有勸懲之意。〈科場〉一篇寫道：吳生一連兩次夢見祖先要他參加科考，並且洩露考題給他，指出同宗的吳蘭陔曾以這次的考題〈鄉人皆好之〉作過文章。於是吳生趕緊去找他，經過再三懇求終於取得這篇文章。

不久，吳蘭陔在闈場遇見吳生，看到吳生正在寫試卷，他很驚訝地問：「試題還沒出來，為什麼你就在寫了？」吳生回答：「我讀先生的文章後，心中割捨不下，便謄寫下來，以表示欽佩，即使文章內容和題目不符，最多不過被摒棄而已，我也心甘情願。」成語「文不對題」可能就是出自此處，用來指文章內容和題目不符合，也用來指言辭與主題不相符。

塗 ㄊㄨˊ tú　途 ㄊㄨˊ tú

	塗	途
部首	土	辵
筆畫	13	11
簡體字	涂	途
草書	塗	途
行書	塗	途
隸書	塗	途
小篆	塗	
金文		
甲骨文		

知錯能改，迷「~~塗~~」知返吧

✓這樣用就對了！

創作者一開始，往往會從自己最熟悉的題材著手。十九歲的加拿大青年札維多藍，自導自演的處女作《聽媽媽的話》，講述的便是每個人身邊都會發生的主題——「我的媽媽」。

由札維多藍親自演出的「兒子」一角，是典型的叛逆青年，不僅天天和母親爭吵，甚至在學校謊稱媽媽已死。這部在坎城影展得獎、還代表加拿大角逐奧斯卡最佳外語片的作品，與其說是**糊塗**的叛逆兒子如何**迷途知返**，不如說忠實呈現了傷痕累累的母子，如何修復彼此的關係。原文片名《我殺了我媽媽》，雖然翻譯時被改成與周杰倫歌曲同名的《聽媽媽的話》，但卻殊途同歸地闡述母子和解的主題，頗有異曲同工之妙。

◯搞清楚弄明白

「途」字與路、道同義，雖然《說文解字》未收，但是《爾雅．釋宮》有這樣的記載：「路、旅，途也。路、場、猷、行，道也。」《說文解字》則說：「路，道也。从足，从各。」《爾雅．釋宮》又說：「宮中衖，謂之壼（音ㄎㄨㄣˇ）。廟中路，謂之唐。堂途，謂之陳。」可見堂的路就叫陳，這也是以途為路的用法。

「塗」的本義是「泥土」，《說文解字》說：「泥也。从土，涂聲。」後來引申作動詞用，因此多用在與泥巴、或以泥樣東西抹畫方面有關的事物上，如「塗抹」、「塗鴉」等。

不過，「塗」還是有「路」、「道」的意思。《論語．陽貨》說：「道聽而塗說，德之棄也。」又說：「孔子時其亡也，而往拜之，遇諸塗。」《荀子．梁惠王上》說：「塗有餓莩（餓死的人，音ㄆㄧㄠˇ）而不知發。」《荀子．性惡》說：「塗之人可以為禹。」這都是假借字，正確的用法還是該以「途」為是。

這樣的例子，後世還有很多人用，因此兩字的分別才會混淆不清，如《抱朴子．外篇．任命》：「或運思於立言，或銘勛乎國器，殊塗同歸，其致一焉。」又如韓愈〈論淮西事宜狀〉：「陛下持之不堅，半塗而罷，傷威損費，為弊必深。」「殊塗同歸」、「半塗而罷」的「塗」都是指路或道，所以本來都該寫作「途」才對。現在我們使用這兩個字，應該都以本義為準。

當然，「塗」還是有與「途」截然不同之處，就以「糊塗」為例來說明。「塗」本有泥巴之意，「糊」是指粥，兩者都是黏稠物，混雜不清，所以引申為事情不清不楚，或做事不夠明快，老是出差錯之意。因此，「糊塗帳」、「老糊塗」、「糊塗蛋」、「糊塗蟲」也就這樣產生，而不會出現「糊途帳」、「老糊途」、「糊途蛋」、「糊途蟲」這樣的用法。

垂 chuí ㄔㄨㄟˊ　唾 tuò ㄊㄨㄛˋ

	垂	唾
部首	土	口
筆畫	9	12
簡體字	垂	唾
草書	垂	唾
行書	垂	唾
隸書	垂	唾
小篆	垂	唾
金文		
甲骨文		

近在眼前，「~~垂~~」手可得？

✓這樣用就對了！

達爾文的進化論學說，認為猩猩是人類的祖先，如果從澳洲一家動物園，有隻聰明猩猩數度「越園脫逃」來看，似乎真有幾分道理！

據新聞報導，這隻二十七歲的紅毛猩猩卡兒塔，比一般猩猩聰明，雖然多次脫逃，**功敗垂成**，但牠從不氣餒，三番兩次想辦法，像是，牠會運用**唾手可得**的樹枝，令通電柵欄短路，也會利用樹枝草堆突破圍籬。

而卡兒塔「飛越動物園」之後，園方必須趕緊疏散遊客，並想出防治之道，這一幕，也真像人類世界裡，人犯越獄脫逃，獄方得立即追回逃犯，並檢討失職人員一樣。

○搞清楚弄明白

「唾」字本義為口液、口水，《說文解字》記載：「唾，口液也。从口，垂聲。涶(音ㄊㄨㄛˋ),唾或从水。」如:唾沫、唾液。「唾」當作動詞時,有兩種解釋,一表示「吐唾沫」,如:必唾其面。另一則解釋為「吐」,如:唾血、唾涕、唾手可得。「唾手可得」表示極易得到或成功。而從吐唾沫這個動作則引申有「鄙棄」之意,如:唾棄、唾罵。

「垂」的本義是指邊疆、邊際,《說文解字》的解釋為:「垂,遠邊也。从土,𠂹(音ㄕㄨˋ)聲。」後來演變為今日使用的「陲」。文學作品中,唐元稹〈酬樂天〉:「願為雲與雨,會合天之垂」的「垂」便應該理解為「邊疆」。「垂」也可解釋為「接近、快要」的意思,如:垂危、垂老、功敗垂成。而用作「流傳後世」時,則有垂範、永垂不朽等詞語。

「垂」當動詞,還可解釋為「掛著」,如:垂髮、垂掛;也可指「低、低下」,如:垂頭喪氣。而形容由上往下的方向,或水滴下的狀態,則有垂涎三尺、垂淚、垂柳、垂楊。

「唾」和「垂」兩字因為字形相似,在使用上容易混淆,尤其常常把「唾手可得」寫成「垂手可得」。其實我們只要知道「唾手」指的是「往手上吐唾沫」這個動作,便可以知道此處應該用「唾」字,而不是用「垂」字,而「唾手可得」比喻如吐口水在手上般容易得到。

什麼事情是如此的「唾手可得」呢?東漢末年,群雄並起,與袁紹對峙的公孫瓚,原本占有優勢。但經過一連串的戰爭,公孫瓚敗多勝少,雄心壯志逐漸消磨殆盡,於是便起了避世的念頭。他以易守難攻的易京(在幽州歸義縣南)做為據點,建出一座堅不可摧的堡壘,打算就此休養生息,直到天下大勢底定。

有人問他為何這麼做,公孫瓚回答:「當初我以為平定天下,唾掌可決。從今日的形勢看來,並非如此。不妨暫時退守,以待時機。」然而,忘卻進取的消極態度,加上他後來親近小人、橫徵暴斂、失去民心,終至敗亡。成語「唾手可得」就是從這裡演變而出,用來比喻事物很容易得到。

惴 湍

ㄓㄨㄟˋ zhuì　ㄊㄨㄢ tuān

	湍	惴	揣	喘
部首	水	心	手	口
筆畫	12	12	12	12
簡體字	湍	惴	揣	喘

草書

行書

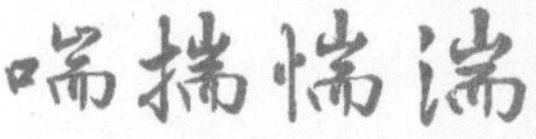

隸書

小篆

金文

甲骨文

水流「惴」急，令他「喘喘」不安

✓這樣用就對了！

臺灣山多，溪流也多，早在二、三十年前就發展出激流泛舟活動，如今一到夏天，到秀姑巒溪和荖濃溪泛舟，面對**湍急**的水流、令人**喘不過氣**的險灘飛浪，**揣度**如何穿越危險，仍是追求水上刺激活動者的最愛。

國內激流泛舟的鼻祖地當屬秀姑巒溪，因其可泛舟的溪段有二十公里，比其它河川長，且水量豐沛，沿途奇石林立，風景宜人。但近年來，在泛舟刺激度上，荖濃溪卻後來居上，因其水流更為湍急、激流落差更大。在高低相差達一百公尺的急流處，高浪連綿不絕，讓人**惴惴不安**，這種險境，正是喜愛激流泛舟者想要面對的冒險與挑戰。

喘 ㄔㄨㄢˇ chuǎn　揣 ㄔㄨㄞˇ chuǎi

○搞清楚弄明白

「湍」字的本義是指水勢急流的地方，在使用時，凡是有「急流」含意，便會用「湍」，如「湍激」、「湍急」等。許慎《說文解字》說：「湍，疾瀨也。从水，耑聲。」其中，「瀨」指水流沙上。《史記·河渠書》有「高水湍悍」一語，在這裡「湍」字是「疾」之意，指水勢湍急的地方。另外，東漢趙岐注《孟子》也說：「湍者，水圜也。」古人稱天體為「圜」，與「圓」字相同，也和「環」字相通；當水流很急所形成迴旋的水流，就是「湍」。

至於「揣」字的本義是「度量（音ㄉㄨㄛˋ）」，進一步引申出「忖度」、「探求」、「推測」、「估量」、「猜想」的意思，常見的詞語有「揣測」、「揣想」、「揣度」、「揣摩」等，許慎《說文解字》說：「量也。从手，耑聲。度高曰揣。」《方言》則說：「度量曰揣。」都有用手比畫、測量事物高低長短的意思。

有趣的是在《說文解字》裡，「耑」字原指「物初生之題（頭）也。上象生形，下象其根也。」在這裡，「耑」就是剛從地面長出來的「幼苗」，因為幼苗短小，剛好方便用手比畫、測量，「度量」之意便由此而來。

「惴」字的本義是「既憂愁又害怕」，《詩經·秦風·黃鳥》有「惴惴其慄」的句子，指心中惶恐、憂愁不已。常用的詞語為「惴懼」、「惴慄」、「惴惴不安」。

「喘」字的本義是呼吸急促的樣子。《說文解字》說：「喘，疾息也。从口，耑聲。」當動詞使用時，「疾息」有呼吸急促、上氣不接下氣的意思。《漢書．丙吉傳》所說的「牛喘吐舌」、《莊子．大宗師》所說的「喘喘然將死」等，都有由於恐懼不安，以致呼吸不順、透不過氣的意味。

你曾聽過「吳牛喘月」的故事嗎？吳牛，是吳地一帶的水牛，天性怕熱，偏偏該地氣候炎熱，偶然抬頭看見天上的月亮竟以為是太陽，於是心生害怕便氣喘吁吁起來了。

《世說新語》記載，大臣滿奮有怕冷的老毛病。某次進宮和晉武帝商議國事，剛好面向一片琉璃窗戶，由於窗戶澄淨透亮，室內外看起來像是無遮蔽的開放空間，任冷風呼呼吹進室內，令滿奮不覺一陣畏寒，直打哆嗦，侷促不安的模樣惹得晉武帝哈哈大笑。他困窘的解釋：「我就像那吳地的水牛，看到月亮以為是炙熱的太陽，忍不住就因為太害怕而喘個不停呀！」

滔 ㄊㄠ tāo

濤 ㄊㄠˊ táo

	滔	濤
部首	水	水
筆畫	13	17
簡體字	滔	涛

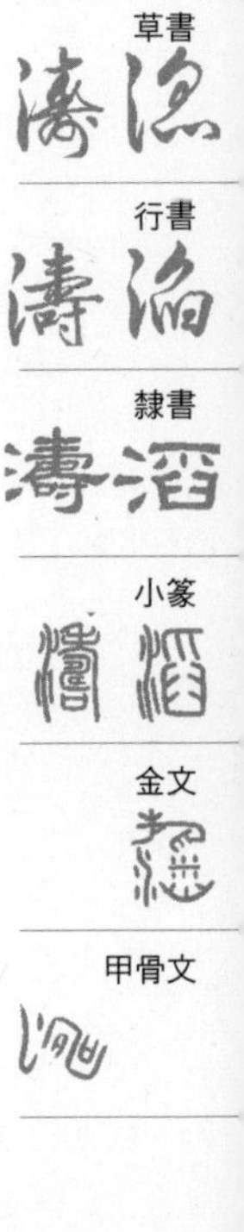

大水「滔」「~~濤~~」不絕

✓這樣用就對了！

二〇〇四年的南亞海嘯，至今仍令人餘悸猶存。當時沒有人料得到，接下來全球年年都有恐怖的自然災害。二〇〇五年美國卡翠娜風災、二〇〇七年英國東南部水患、二〇〇九年臺灣八八水災，及大陸二〇一〇年南方十省連日暴雨**洪水怒濤**，顯見全球暖化，已為人類生活帶來危機。

「暖化」不僅意味兩極冰山融化、海平面上升，影響最劇的是「氣候兩極化」：熱的更熱、冷的更冷、乾的更乾、溼的更溼。就像二〇〇七年英國飽受**大水滔滔**之苦，土耳其卻是嚴重旱災。如暖化情況再不改善，未來這種不是大水、就是乾旱的氣候將日趨頻繁。大自然發出的警訊，我們不可不謹慎面對！

○搞清楚弄明白

「滔」的本義是指大水瀰漫，《說文解字》說：「滔，水漫漫大皃（音ㄇㄠˋ）。」

如：「白浪滔天」。《書．堯典》說：「湯湯洪水方割，蕩蕩懷山襄陵，浩浩滔天。」《孔傳》解釋「浩浩滔天」：「浩浩盛大若漫天。」而「滔」字重疊使用時，多是形容水流滾滾不絕的樣子。如：「海浪滔滔」。由於大水氾濫，淹水範圍十分廣大，淹沒的時間也極長，因此「滔」也引申作廣大貌，形容極大。如：「滔天大罪」。

濤的本義指海中的大波浪，如：「驚濤駭浪」、「波濤洶湧」。《說文解字》說：「濤，大波也。」《篇海類編．地理類．水部》：「濤，海中大波，亦曰潮頭。」至於像浪濤的聲音也可以「濤」來形容之，如：「林濤」、「松濤」都是形容風吹樹林或松樹所發出像波濤般的聲音。古人時常使用松濤這個意象入詩，如于謙〈西烏嶺〉：「風捲松濤清入夢」、元鄭衍〈碧雞山〉：「清風響松濤，老樹森矛戟」以及徐文華〈遊千山祖越寺〉：「松濤漲壑千巖響」等皆是。

滔與濤的字音相近，因此「浪濤」及「滔天巨浪」等常有誤用的情形，其實只要把握一個原則，濤的本義就是波浪，因此使用「浪濤」、「波濤」、「海濤」時，都是使用「濤」字來指波浪的意思；相對的，「滔」字多半作形容詞使用，來形容廣大、很多、絡繹不絕的樣子，如「滔天大罪」、「滔天巨浪」的滔是極大，而「滔滔不絕」、「滔滔而至」則是形容連續沒有間斷的樣子。如此就能輕易地辨認這兩個字的差別了。

人生的道路不可能一路平坦，多會出現波瀾，「平地風濤」就是比喻平順的人生或者事情突然發生了變故和變化。這個成語本作「平地波瀾」，出自於唐劉禹錫〈竹枝詞〉九首之七：「瞿塘嘈嘈（音ㄘㄠˊ）十二灘，人言道路古來難。長恨人心不如水，等閒平地起波瀾。」瞿塘峽是長江三峽之一，兩岸連山，水勢十分湍急，處處可見礁石險灘，有「瞿塘天下險」之稱。

劉禹錫從瞿塘峽險惡的地勢，聯想到世間的人心，感嘆瞿塘峽雖然艱險，但是明顯可見，但人心卻像看似一般的平地上，常無端掀起巨大的波瀾，非常險惡又無法預測，令人感慨。

剔 惕

剔 ㄊㄧ tī　惕 ㄊㄧˋ tì

部首：刀　心

筆畫：10　11

簡體字：剔　惕

草書

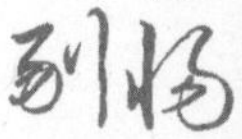

行書

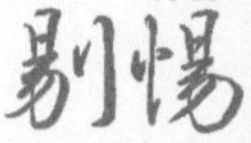

隸書

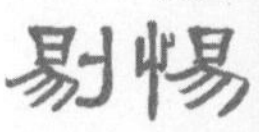

小篆

金文

甲骨文

你也太挑「惕」了吧

✓這樣用就對了！

隨著中國的經濟起飛，幾乎世界各地都能看到華人的蹤影。在巴拿馬的華人約占人口比例百分之五到百分之十，但卻逐步掌握當地經濟，從小型零售店到大醫院，都有華人經營，他們的經濟實力，甚至威脅到原本一直掌握該地商圈的猶太人。

近來，巴拿馬人對華人的存在不僅漸有**警惕**之心，甚至還心生反感。例如，在機場海關，當地警方檢查華人的方式近乎種族歧視，總是特別盤查，對華人簽證特別**挑剔**，甚至有中國商會會長被誣陷使用假簽證，在機場被扣留四天的案例。這種趨勢讓人不由得擔心，多年前的印尼排華事件，是否於巴拿馬再度上演？

◯搞清楚弄明白

「惕」字，音ㄊㄧˋ，是「敬」的意思，《說文解字》說：「从心，易聲。」《玉篇》則將「惕」解釋為「惧」。「敬」有謹慎、不怠慢的意思，而「惧」有害怕之意，所以「惕」便含有「害怕、放心不下」的意思了。

「剔」字，音ㄊㄧ，《說文解字》說：「剔，解骨也。从刀，易聲。」可見「剔」是指把肉從骨頭上刮下來。

這兩個字雖然在字形上相似，但是意思則相差甚遠，所以在使用上不易出錯。

《詩經．陳風．防有鵲巢》一詩的後兩句：「誰侜（音ㄓㄡ，欺騙）予美？心焉惕惕。」（誰欺騙我所愛的人，離間我們呢？這實在使我憂心害怕呀。）這裡的「惕惕」是「憂心戒慎」之意。

至於「剔」字則從「刮下骨頭肉」之意引申出「從縫隙中挑出來」、「挑出不合標準者」，後來也有剔骨、剔牙、剔除惡習等用法。所以，「就像是雞蛋裡挑骨頭那樣的挑ㄊㄧ」的「ㄊㄧ」字，當然是要用挑出不合標準的字——「剔」。另外，表示光亮透明的詞「晶瑩ㄊㄧ透」，其中的「ㄊㄧ」字也是要用與細細雕琢相關的字——「剔」。

接著請看「搜剔枯腸」這則成語，其中「搜」是搜索、尋找，而「剔」是從裡頭挑出來的意思，整句成語是指：努力的想從空腸裡找出一點學問來。清代小說《鏡花緣》就曾活用這則成語。沒讀過書的林之洋，遇上一群只會死讀書的文人，文人問林之洋可曾讀過書？林之洋不想被瞧不起，就吹牛自己什麼書都念過。文人當下跟他討教。

林之洋心裡發慌，想著「奈腹中只有盛（音ㄔㄥˊ）飯的枯腸，並無盛詩的枯腸，所以搜他不出。」剛好旁邊有人對對聯，老師出的題是「雲中雁」，而學生們則回答「水上鷗」、「水底魚」。

於是，林之洋靈機一動，便說「水上鷗、水底魚」跟「雲中雁」沒有邏輯關係，所以要做「雲中雁，鳥槍打」。那些文人居然被他「一抬頭看見雲中雁，隨即就用鳥槍打」的歪理唬弄，完全忘記對聯的規則，一直稱讚林之洋做出一對不平凡的對聯！其中「奈腹中只有盛飯的枯腸，並無盛詩的枯腸，所以搜他不出」，就是化用「搜剔枯腸」這則成語。

惱 ㄋㄠˇ nǎo　腦 ㄋㄠˇ nǎo

部首	心	肉
筆畫	12	13
簡體字	恼	脑

草書

行書

隸書
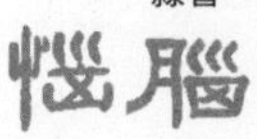

小篆
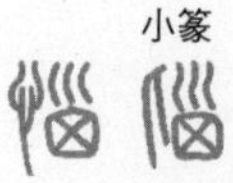

金文

甲骨文

親愛的，我把電「惱」弄壞了

✓這樣用就對了！

近來的電子書熱潮，讓歐美市場對電子閱讀器的需求大增。這也讓標榜具有電子閱讀功能的蘋果iPad，兩個月銷售突破兩百萬臺。到底iPad會不會衝擊既有的電子閱讀器銷售？一度讓閱讀器業界十分煩惱。

不過，也有人認為，iPad對市場的影響其實有限，歐美對閱讀器的需求仍相當大，預估出貨量可達百萬臺。畢竟，電子書閱讀器螢幕是電子紙，不會反光，對需要長時間閱讀的愛書人而言，閱讀起來較舒服，而iPad仍是電腦螢幕，連續看一小時，眼睛就會感到疲倦。

○搞清楚弄明白

「腦」在古代本來寫作「匘」，小篆體的字形作「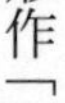」，是象「人及其長髮之腦門形。」[1]許慎《說文解字》說：「匘，頭髗（髓）也。」段玉裁注解《說文解字》

時，補充說明現今所寫的「腦」字，實際上是「𡿺」字的俗體寫法，因為大家已經習慣使用的結果，「腦」取代了原本的「𡿺」字。另一本字書《玉篇》說：「腦，頭腦也。」但現今則多用「腦」字來指整個頭部，例如：腦袋。

至於「惱」的本義為「怨恨、發怒」，《集韻》指出：「㛴，《說文》：『有所恨痛也。今汝南人有所恨曰㛴。』或作惱。」之後引申有「憂愁、煩悶」的含意，如「煩惱」、「苦惱」等。字形原作「㛴」，「惱」是或體字的寫法。

「腦」跟「惱」雖然形體相近，但在字義上，「腦」指人的腦髓、頭部，而「惱」則指人的精神反應、心緒感受。由於人的精神、心緒往往與頭腦相關，因此導致這兩個字容易混淆。例如把「煩惱」、「惱怒」寫成「煩腦」、「腦怒」；或者反過來把「電腦」、「頭腦」寫成「電惱」、「頭惱」等。實際上，兩字的字義與用法完全不同，書寫時必須留意。

關於「腦」字，有句成語為「腦滿腸肥」，是出自《北齊書．武成十二王列傳》的故事。琅邪王高儼受到武成帝及胡后的寵愛，不但在朝廷中擔任重要官職，還享有與太子高緯相同的待遇，引起高緯不滿。在高緯即位為後主後，高儼受到親信的挑撥，起兵造反，與朝廷對立。

幸好丞相斛律光居中調解，把高儼帶到後主的面前說：「琅邪王年少，腸肥腦滿，輕為舉措，長大自不復然，願寬其罪。」意思是「琅邪王因年輕不懂事，整天吃飽沒事做，所以才會舉止輕浮，只要等他長大以後，就不會再犯了，希望皇上您能夠原諒他的錯誤。」後來「腸肥腦滿」被掉換順序，寫為「腦滿腸肥」，用來形容一個人飽食終日，無所事事，庸俗無知的樣子。

1 許進雄著《古文諧聲字根》，頁375，臺北：臺灣商務印書館，1995年9月。

厲 ㄌㄧˋ lì　礪 ㄌㄧˋ lì

	勵	礪	厲
部首	力	石	厂
筆畫	17	20	15
簡體字	励	砺	厉
草書	勵	礪	厲
行書	勵	礪	厲
隸書	勵	礪	厲
小篆	勵	礪	厲
金文			厲
甲骨文			

加油，「再接再~~勵~~」

✓這樣用就對了！

運動場上，優秀的主將不是只有個人明星光環，而是能**激勵**隊員發揮潛力，對團隊產生正面力量。

曾帶領法國隊贏得一九九八年世界盃足球賽冠軍的名將席丹，二〇〇六年也同樣帶領法國隊，在前兩場戰況吃緊的情況下，仍**再接再厲**，最後，一路打到總冠軍賽。後來席丹雖因失控衝撞義大利球員而退場，使得法國隊只拿下當年的亞軍。但他對足球的熱情，總是帶給隊友莫大鼓舞，所以被稱為「永遠的足球先生」。少了席丹的法國隊，在二〇一〇年世足賽中，第一輪就慘遭淘汰，這時，足球迷們更懷念起席丹了。

勵

ㄌㄧˋ

lì

◎搞清楚弄明白

「厲」的本義是指「磨刀石」，許慎《說文解字》記載：「厲，旱石也。从厂（音ㄏㄢˇ），蠆（音ㄌㄧˋ）省聲。」古代另一部字書《玉篇》說：「厲，磨石也。」由此可知，「厲」的本義就是指用來磨擦刀劍等武器，使之鋒利的石頭，之後引申有使鋒利的意思。而這個意思後來人們造出加石部的「礪」字來表達，所以現今當我們指「磨鍊、磨製」時，通常使用「礪」字，如「砥礪」、「淬礪」。

也就是說，如果表達「磨利」的意思，「厲」、「礪」兩個字原則上是可以通用的，例如：「秣馬厲兵」、「再接再厲」，或作「秣馬礪兵」、「再接再礪」。

「再接再厲」一詞是出自唐代韓愈、孟郊的〈鬥雞聯句〉：「一噴一醒然，再接再厲乃。」意思是說公雞相鬥，每次交戰都會把嘴磨得更鋒利。現今該句成語則用來比喻繼續奮鬥，一次比一次表現更加激昂。

至於「勵」字則是勸勉、鼓舞的意思，如「勉勵」、「鼓勵」。而因「厲」由「磨鍊」也引申有「振作」、「振奮」的意思，所以和「勵」字都含有鼓舞、振奮人們的精神之意，因此兩字有時也是可以通用的，例如：「厲精圖治」或作「勵精圖治」。

不過，按照上述的解說，「再接再厲」是絕對不能寫成「再接再勵」，而「厲精圖治」也絕對不能寫成「礪精圖治」。

此外，厲害、雷厲風行、變本加厲、聲色俱厲，也都不能寫成「礪」或「勵」。因為厲害、雷厲風行的「厲」都是指「猛烈的」意思；聲色俱厲的「厲」則是「嚴肅的、嚴厲的」意思。而無論是砥礪的「礪」或鼓勵的「勵」卻都不具有「猛烈的」、「嚴肅的」意義。

生活中常用「變本加厲」一詞乃是出自南朝梁昭明太子蕭統的《文選．序》：「蓋踵其事而增華，變其本而加厲。」意思是承繼前人的志業而加以增修補益，改變原來的情況而有所更新。若由「變本加厲」原先使用的含意來看，依據原來的成就加以改變發展，這是美事一件。可是後來該句成語卻轉變成，改變原有狀況或行為而表現更加嚴重，因而成為負面的用語。

屢 ㄌㄩˇ lǚ　履 ㄌㄩˇ lǚ

	屢	履
部首	尸	尸
筆畫	14	15
簡體字	屡	履
草書	屢	履
行書	屢	履
隸書	屢	履
小篆	屢	履

金文

甲骨文

戒慎恐懼，如「~~屢~~」薄冰

這樣用就對了！

二〇〇一年發生九一一恐怖攻擊事件後，美國海關的規定遠比過去繁瑣、複雜。旅客過關受檢時，連外套、鞋子、皮帶、手錶等都得脫下。此一措施，屢次遭各國旅客反彈，指個人隱私權受到侵犯。即便如此，美國政府仍選擇安全第一。

然而，道高一尺，魔高一丈，再嚴格的安檢，也難保沒有漏洞，加上「新一代恐怖分子」作案手法更細密、更難被發現，這使得美國政府不得不如履薄冰，以更細緻的安檢措施應對，卻也更讓入境旅客感到隱私權薄弱。此一現象也顯示，強勢的防堵，不但無法嚇阻恐怖分子，反而造成大眾人心不安，如何解決問題，考驗著美國政府的智慧。

◎搞清楚弄明白

「屢」指的是多次、數次的意思，徐鉉本的新附《說文》說：「屢，數也。」「履」則指腳所穿的鞋；由於古代的鞋子外形很像船，因此《說文解字》又形容它是「从舟，象履形。」

「屢」和「履」的讀音相同，字形又相似，故在書寫時兩者很容易混淆。事實上，「屢」較常用於表示「每每、經常、數次」的意思。例如：「屢次」、「屢試不爽」、「屢見不鮮」都是強調事件發生過好幾次。

「屢試不第」是說好幾次應試，卻都名落孫山沒有錄取。《官場現形記》第五十九回說：「大世兄的詩好雖好，然而還總帶著牢騷，這便是屢試不第的樣子。」

而「履」除了解釋作鞋子，還可以進一步解釋為腳步，如：「步履」。再由腳步引申作為踐踏、踩踏之意，例如「如履薄冰」這個成語就是形容一個人走在薄冰上，戰兢戒慎，比喻處事極為謹慎小心。

「如履薄冰」出自《詩經．小雅．小旻》：「戰戰兢兢，如臨深淵，如履薄冰。」意思是戒慎恐懼，就如同走在深淵旁邊、踩在薄冰上面一樣，一定要非常小心。「臨深履薄」這句成語也是出自於此。「如履薄冰」除了可以用「臨深履薄」來取代，像是「臨深履冰」、「履薄臨深」、「深淵薄冰」、「臨淵履冰」，它們的意思都可以相通。

此外，相信大家都聽過灰姑娘的故事，壞心的姊姊為了要獲得王子的青睞而削掉腳跟來適應玻璃鞋，在中國也有類似的比喻來說明這種不合自然的行為。《淮南子．說林》說：「削足而適履。」就是說為了適應鞋子的尺寸，不惜削掉腳的一部分。這是完全不顧客觀實際的狀況，而一味勉強遷就的不合理作法。後來「削足適履」就用來比喻拘泥成例，勉強遷就，而不知變通的做事方法。

爛 ㄌㄢˋ làn　濫 ㄌㄢˋ làn

	爛	濫
部首	火	水
筆畫	21	17
簡體字	烂	滥
草書	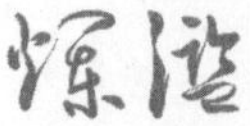	
行書		
隸書		
小篆		
金文		
甲骨文		

「~~爛~~」竽豈可充數？

✓這樣用就對了！

臺灣新聞媒體**氾濫**，除了傳統的電視、報紙、雜誌、廣播，近年來更加上網路。為求「獨家」消息，各家媒體常不得不拿些無聊新聞**濫竽充數**。連天氣太熱有人打呵欠都能登上媒體，不禁令人質疑：「這也是新聞？」

此外，腥羶色的負面新聞也是媒體愛好的收視率強心劑。尤其是名人外遇、離婚、見不得光的行徑。像二〇〇八年香港影星陳冠希的淫照事件，臺灣媒體連續一個月大肆炒作，刻意呈現出名人燦爛光鮮外表下腐敗的一面。一再播出的結果，不僅觀眾看得很膩，對事件中的受害者也形成二度傷害。媒體亂象何時才能終結？至今仍是無解的疑問。

○搞清楚弄明白

濫與氾兩字同義，都有水流入又流出的意思。《說文解字》說：「濫，氾也。

从水，監聲。」又說：「氾，濫也。从水，㔾聲。」但光憑這些，仍不足以知道「濫」字的真正意思。《爾雅》說：「決復入為氾。」這裡的「決」是指水流出河岸，所以才會說「復入」。今日我們所謂的「氾濫成災」，應該就是水流得到處都是，而不是只有流出與流入的意思。

「爛」的本義應該是與「腐化」或與「糜」有關，《說文解字》說：「腐，爛也。从肉，府聲。」又說：「爢（音ㄇㄧˊ），爛也。」「爢」通「糜」。因此才會出現我們現今常用的「腐爛」、「糜爛」等詞。以後，凡是有過度的情形，我們都用「濫」字造詞，如「濫墾」、「濫殺無辜」、「濫情」、「濫好人」，甚至是用來形容極端惡劣的人或手段的「下三濫」。

「濫竽充數」是大家都很熟悉的成語，它起源自戰國時代，齊宣王因為喜歡聽竽樂器的合奏，就命人組一個竽樂團。後來，宣王去世，湣（音ㄇㄧㄣˇ）王即位，卻不喜歡合奏，反而喜歡聽獨奏，因此就要求樂團中的人一一到面前來吹竽給他聽。

此時，樂團中本有一位叫南郭處士的，其實不會吹竽，他只是在裡面湊人數而已，在宣王的時代都蒙混過去，沒有被發現，如今依湣王的方式，將使他不會吹竽的事曝光，所以他就提早溜走，免得招來欺君之罪。可見，「濫竽充數」的「濫」是多到「氾濫」的意思，並非「腐爛」，所以不能用「爛」竽充數。

而「爛」除了有「腐爛」之意，也有「燦爛」的意思，這與它是「火部」有關。徐鉉本的新附《說文》說：「燦，燦爛（音ㄌㄢˋ），明瀞（音ㄐㄧㄥˋ）皃（音ㄇㄠˋ）。」本字是「爤」，它的意思是：「爤，火孰（音ㄕㄨˊ）也。」我們現在寫「燦爛」、「朱墨爛然」、「絢爛」等，都已經用「爛」而不用「爤」了。

冷 泠

ㄌㄥˇ lěng　　ㄌㄧㄥˊ líng

	冷	泠
部首	冫	水
筆畫	7	8
簡體字	冷	泠
草書	冷	泠
行書	冷	泠
隸書	冷	泠
小篆	冷	泠
金文		
甲骨文		

聽見「~~冷冷~~」的水聲，看見清澈的溪水

✓這樣用就對了！

臺灣的深山原住民部落裡，近年來不斷出現高檔溫泉旅館，像是臺東縣鹿野鄉的鹿鳴部落，臺中縣谷關的**裡冷**部落，苗栗縣泰安鄉泰雅族所在的泰安溫泉區，山林美景及原住民文化的自然原味，與奢華高級飯店的組合，吸引許多都市人於假日前往造訪。

這些部落由於開發較晚，自然景觀保存十分完整，宛如仙境。以裡冷為例，清澈的山溪和**泠泠**的水聲，極目遠望，藍天、白雲、綠森林，令人心曠神怡。

雖然這些旅館強調建築與周邊自然環境的搭配設計，但現代文明的腳步進入山地部落，仍不免讓人擔心，人類對大自然的破壞，正往深山蔓延。

◎搞清楚弄明白

冷、泠在字形和字音上都非常相近；事實上，二字的字源也相近。「冷」的

本義是寒涼，左邊的兩點就像水結了冰的形狀，有冷凍的意思。《說文解字》指出：「冷，寒也。」是從仌（冰），令聲。至於「泠」，左邊是水部，右邊則是令聲。《說文解字》說：「泠，泠水。」「泠」是水名。

「冷」比較好理解，本義就是寒冷、冰冷。引申出來的字詞，有冷清的意思，如杜甫詩：「門前冷落車馬稀」；還有對人冷淡之意，比如俗語：「用熱臉貼冷屁股」；也有趁人不備之意，比如「放冷箭」、「打他一個冷不防」。

冷與泠，前者部首是「冰」，後者部首是「水」，二者都是採用「令」為聲音，所以意思相近。「冷」是寒冷，「泠」則有「清涼」的意思，比如宋玉〈風賦〉：「清清泠泠」的「泠泠」，又比如「泠風」就是微風的意思。

區別冷、泠二字，可以從泠字是狀聲詞、冷字非狀聲詞來著手。冷是溫度低的意思，而泠可以用來形容清脆激越的聲音，比如唐朝詩人劉長卿〈聽彈琴〉：「泠泠七弦上，靜聽松風寒」；陸機〈文賦〉：「音泠泠而盈耳」的「泠泠」。因此「水聲○○」，要填上泠泠二字，不是冷冷。

「泠」這個字，也會讓人想起杭州西湖的西泠橋。橋的南、北兩側各自安葬一位中國名女人。橋的北側是南齊名妓蘇小小，南側則是滿清革命英雄秋瑾。

蘇小小為了自由，不願為妾，寧願在錢塘江畔為妓，一日遇見名門弟子阮郁，一見傾心，可惜小小的身分不被阮郁親長接受，從此蘇小小鬱鬱而終，死後葬在西泠橋。傳聞小小逝後，芳魂不散。明朝文人張岱在他的〈西湖尋夢〉還記載著，宋人司馬槱（音ㄧㄡ）曾經在洛陽夢見一美人唱歌，問她是誰，她說是蘇小小。五年後，司馬槱到杭州當官，來到蘇小小的墓，夜裡夢見與小小睡在一起。如此三年光陰，司馬槱因相思而去世，就葬在蘇小小的墓地旁。

撩 潦

撩 ㄌㄧㄠˊ liáo

潦 ㄌㄧㄠˊ liáo

	撩	潦
部首	手	水
筆畫	15	15
簡體字	撩	潦
草書	撩	潦
行書	撩	潦
隸書	撩	潦
小篆	撩	潦
金文		
甲骨文		

哇！你的字還真是「~~撩~~」草

✓這樣用就對了！

「做筆記」可說是學生的必備技能，對許多人來說，筆記的好壞大概只有字跡端正或**潦草**的差別。不過，在「專家」看來，做筆記絕不是單純把聽到的東西寫下來而已。好的筆記可以避免使用者丟三落四，能輕易找到重點並提升工作或讀書效率，而非浪費時間在確認與修改上。

多數年輕人會覺得電腦打字比手寫方便，但《筆記成功術》一書的作者認為，筆記本終究還是比電腦容易攜帶，揮灑彈性也更大。最重要的是，「書寫」也是一種判斷、分析資訊的過程，唯有通盤了解內容之後，才有辦法去蕪存菁，明白「什麼該記」。若能用心**撩理**筆記，邊思考邊書寫，對生活說不定有意想不到的幫助喔！

◎搞清楚弄明白

「潦」是一個左形右聲的形聲字，與水、河流有關，宋代的韻書《集韻》說：「潦，……音聊，水名。」所以河南省南陽縣境內有「潦河」；江西省修水的支流中也有南潦河、北潦河。

「潦」字除了與水、河流有關，也常見到「潦草」一詞。「潦草」本應寫成「恅（ㄌㄠˇ）愺（ㄘㄠˇ）」，指人心思迷亂，引申為做事不認真、粗率，或寫字凌亂。宋代吳曾《能改齋漫錄》說：「文士以作事迫促者，通謂之恅愺。」就是形容讀書人處事過於匆促而呈現散亂的情況，這樣的行為便稱為「恅愺」，即「潦草」或「潦潦草草」。可見現在所使用的「潦草」一詞是由「恅愺」而來。

「撩」與手有關，是用手整理的意思，許慎《說文解字》說：「理之也。从手，尞（ㄌㄧㄠˊ）聲。」可知「撩」也是一個形聲字。另外，東漢服虔的《通俗文》則解釋為：「理亂謂之撩理。」所謂「理亂」是治理、整頓紛亂之意，因此，「撩理」便指「整理」、「整頓」。

此外，「撩」還有「拿取」的意思，例如《北齊書．陸法和傳》：「凡人取果，宜待熟時，不撩自落。」意思是，當人摘果子時，只要等到果子成熟，根本不需人去摘取，就會自己掉下來。另外，「撩」也有「挑弄、逗引」之意，如：「姿態撩人」。「撩」還可作形容詞用，表示「紛亂」，如：成語「眼花撩亂」，它是形容當人看見繁複新奇的事物時，內心會產生的迷亂感覺。

三國時代曹操的將領典韋，持有一種兵器叫「撩戟（ㄐㄧˇ）」，類似投擲出去以殺傷敵人或野獸的標槍。《三國志．魏書．典韋傳》記載：曹操率軍進攻被呂布占領的原根據地濮陽，呂布出兵迎戰，戰況對曹軍不利。這時，曹操招募壯士去衝陣，典韋搶先響應，募集數十人，穿上兩重鎧甲，手持長矛撩戟出戰。

敵軍箭如雨下，典韋卻闔上眼說：「敵人來到我面前十步時叫我。」等十步到了，典韋卻說：「到五步外再叫我！」眾人皆懼，大叫：「敵人到了！」典韋才手執十多枝長矛撩戟，大喊而起，敵人無不應手倒地。最後，呂布撤退，典韋則因功拜為都尉，被曹操選為身邊近衛，統領親兵數百人。

固 故

ㄍㄨˋ gù　　ㄍㄨˋ gù

	固	故
部首	口	攴
筆畫	8	9
簡體字	固	故
草書	固	故
行書	固	故
隸書	固	故
小篆	固	故
金文		故
甲骨文		

「~~固~~」態復萌

✓這樣用就對了！

吸菸在現代社會可不再是男人的專利，女性吸菸人口也不少。對吸菸者來說，菸癮一旦染上就難以戒絕，可是，唯有一種情況，會讓女性戒菸。根據衛生署統計，懷孕前抽菸的婦女，有八成會為胎兒戒菸。然而，其中有半數的婦女，生產後又**故態復萌**，令人十分惋惜。

衛生署呼籲，戒菸只要滿半年就算成功，這些媽媽們已為胎兒戒菸十個月，希望她們能維持下去。不過，對有些吸菸媽媽而言，似乎**根深柢固**的習慣，改得了一時，卻改不了一世。

○搞清楚弄明白

「固」的本義是「堅固」的意思，許慎《說文解字》說：「固，四塞也。从口（音ㄨㄟˊ），古聲。」段玉裁注解：「四塞者，無罅漏之謂。……按：凡堅牢曰固。」

其中的「罅漏」，就是指沒有縫隙疏漏。後來「固」由「堅固、牢固」的含意又引申出有「穩定」的意思，如：「鞏固」、「固定」等，並進一步發展出「不知變通」的意思，如：「頑固」、「固執」等。

除此之外，「固」還有當作副詞的用法，一是表示「堅決」，如：「固辭」、「固守」，二是「原本、本來」的意思，如：「固然」。

至於「故」字，本義為「原因、原由」，例如：「緣故」、「平白無故」等，所以許慎《說文解字》說：「故，使為之也。从攴（音ㄆㄨ），古聲。」後來則引申有「故舊」以及「原來的、以前的」意思，前者如：「一見如故」、「溫故知新」，後者如：「故國」、「故鄉」。另外更進一步引申為「死亡」之意，如：「亡故」、「已故」等。除此之外，「故」字還可當作連詞，用來表示「所以、因此」之意。

「固」和「故」兩字雖聲音相同，但意思與用法都不一樣，雖然都有「原本、原來」的意思，但兩者的差異，在於「固」當「原本、原來」的意思使用時，是屬於副詞，所以只能出現在動詞的前面，例如：「固有」、「固知」，且多屬較為文言的用法。而「故」當「原本、原來」的意思使用時，則多屬形容詞，所以後面一般接名詞。

至於少數當副詞使用的例子，也都只有在古典文獻中才使用，現代國語已經不這麼用了。因此，「故態復萌」、「故步自封」等詞，仍應寫作「故」才對。

關於「故」這個字，有句歇後語說：「吹燈講故事」，意指把燈火吹熄之後再講故事，因而被引申有「瞎說」的意思。另外，有個謎題為「已故門生」，猜一句成語，不知讀者你猜到了嗎？

謎底：亡命之徒

詭 軌

ㄍㄨㄟˇ guǐ　ㄍㄨㄟˇ guǐ

	詭	軌
部首	言	車
筆畫	13	9
簡體字	诡	轨
草書	詭	軌
行書	詭	軌
隸書	詭	軌
小篆	詭	軌
金文		軌
甲骨文		

心懷不「詭」！是好還是壞呢？

✓這樣用就對了！

現代許多年輕人不想生小孩，反而熱衷於養寵物，但也有很多人養了一陣子寵物後，卻將牠們棄養。為此，日本多年前，曾實施一項弔**詭**的動物保護政策，派專人定時、定點回收主人不想要的寵物。這些被「回收」的寵物，都會進入名為「動物愛護中心」的收容所，七成以上都將被關入毒氣室中「安樂死」。

最近日本開始有不喜歡這項政策的民眾聯名簽署，希望地方政府能廢除回收制度，別讓棄養寵物合理化。認真說起來，被棄養的寵物，如果知道被「回收」的結局，是遭毒死，應該會覺得人類對牠們真是**心懷不軌**。

○搞清楚弄明白

「軌」字的本義是指車子經過留在地上的痕跡，《說文解字》說：「軌，車徹也。从車，九聲。」之後引申為車子兩個輪子之間的距離，如李斯奏請秦始皇統一全國制度所提出的「書同文，車同軌」，這裡的「軌」就是指車子兩輪之間的距離。後來「軌」字又引申指「火車或事物運行的路線」，以及「法度、規範」的意思，前者常用的詞語，例如：「軌道」、「軌跡」、「鐵軌」等，後者則如：「正軌」、「常軌」等。

「詭」字本來的意思為「責備、要求」，所以《說文解字》的解釋為：「詭，責也。从言，危聲。」段玉裁注解：「今人為詭詐字。」說明現今則多用以表示「欺騙、狡詐」的意思，例如：「詭詐」、「詭計」，或者有「奇特怪異」的意思，例如：「詭譎」、「詭異」等。

由於「軌」字有「不軌」、「圖謀不軌」、「不軌之心」等詞，以表達不遵循規範，或具有不良意圖，而「詭」這個字也有「欺騙」、「狡猾」等用法，因此「軌」和「詭」兩字，在使用上就常有混用的情形。特別是像「心懷不軌」一詞，往往被誤寫成「心懷不『詭』」。但是，如果寫成「心懷不『詭』」，「不詭」變成了「不欺騙」、「不狡詐」，於是「心懷不詭」變成了內心懷抱著不欺騙、不狡詐的想法，意思就完全改變了。因此，我們必須特別注意。

談到「軌」字，在古代有個詞語叫「軌革」，指的是一種術士用來推測吉凶禍福的占卜術。干寶的《搜神記》，便有一則相關的故事：費孝先擅長「軌革」之術，名動天下。商人王旻（音ㄇㄧㄣˊ）來到成都，慕名請費孝先占卜，結果是：「叫你停，你別停；叫你洗，你也別洗。一石的稻穀搗出三斗米。碰到明白之人就可以活，碰到糊塗之人就會死。」王旻把這段話暗記在心。

離開成都途中，王旻碰上大雨，只好進一間房子躲雨。王旻想，「叫我停，我別停」難道就是這種情形？於是他決定冒雨離開。沒多久，這間房子倒塌，只有他躲過災難。

回到家，王旻的妻子催他去洗澡，因為想到「叫你洗，你別洗」的預言，王旻堅決不洗澡。妻子一氣之下先去洗澡，沒想到卻遭人殺害。審案的太守懷疑王旻是兇手，於是就把他捉起來嚴刑拷打。王旻無法辯解，只好把費孝先的占卜告訴獄吏，請獄吏轉告太守，太守接到傳話，便叫來王旻，問他鄰居是誰？王旻答：「是康七。」後來查出果然是康七害死王旻的妻子。太守說：「一石的稻穀搗出三斗米，這不就是糠七嗎？」於是，靠著費孝先的占卜，王旻總算得以洗刷冤情。

聒 ㄍㄨㄚ guā　括 ㄍㄨㄚ guā

	刮	聒	括
部首	刀	耳	手
筆畫	8	12	9
簡體字	刮	聒	括
草書	刮	聒	括
行書	刮	聒	括
隸書	刮	聒	括
小篆	刮	聒	括
金文			
甲骨文			

令人「聒」目相看

✓這樣用就對了！

臺北市立動物園於二〇一〇年暑假推出「夜宿動物園」夏令營，這是針對國小四到六年級學生所辦的活動，希望能將保育觀念推廣給下一代。園方在大熊貓館大廳搭帳篷，讓小朋友晚上睡在帳篷裡，白天則有體驗活動，**包括**餵食長頸鹿、黑猩猩，幫猴子準備猴米糕和果冰，或幫犀牛刷背等，開放報名兩天即額滿，受到小朋友的熱烈歡迎。

動物園的創意與用心令人**刮目相看**，但有議員認為此舉只是在消費熊貓，兩天一夜的營隊收費一千九百元，實在太貴。不過也有議員對此樂觀其成，唯希望園方能做好相關配套措施，確保動物與小朋友的安全。

刮

ㄍㄨㄚ

guā

○搞清楚弄明白

「括」的本義為包羅、引導結束之意，常見的詞語，如：括號、括弧、囊括、籠括、統括等。在小篆的字形裡，「括」字的右偏旁原作「昏」，有「塞口」、「引導結束」的意思。到了隸書，則省筆作「括」，並成為現今常見的字體。賈誼〈過秦論〉說：「有席卷天下，包舉宇內，囊括四海之意，并吞八荒之心。」在這裡，「囊括」有包含、收羅的意思。

至於「聒」字是形容人多聲雜、吵鬧不休。耳旁盡是喧嘩、嘈雜的聲響，使人一刻不得安寧，因此，可用來形容人喋喋不休、話說個沒完沒了的樣子。如：聒耳、聒絮、聒擾、聒噪。許慎《說文解字》說：「聒，讙（音ㄏㄨㄢ）語也。」另外，有一種長得像蚱蜢而叫聲響亮的昆蟲（俗稱「紡織娘」），因牠獨特的鳴叫聲非常引人注意，進而被人們捕養以供玩賞，別稱為「聒聒兒」。

那麼「刮」字又作何解釋呢？許慎把它解釋為「掊杷」（音ㄆㄡˊ ㄆㄚˊ）。「掊」是用手取物的意思，「杷」則是指有齒排的收麥器，是形狀像畚箕的木製農具，可收聚穀麥粒子。如今，本義已經少人使用了，而多引申為「用刀削去物體表面，使其平坦」的意思。或引申為擦拭、剝削、聚斂、訓斥、責備等意思。例如：刮垢磨光、搜刮財物、海刮一頓等。

還記得小時候趴在媽媽腿上刮痧（音ㄕㄚ）的情景嗎？刮痧，是民間廣為流傳的一種去瘀療法，可幫助人們減輕暈眩不適。傳統上，端午過後，即暑氣逼人，天氣逐漸燠熱，在烈日下奔波的人們容易因「中暑」而感到疲乏不適，這時候，老人家時常取銅板或湯匙蘸（音ㄓㄢˋ）些許水或青草油，稍微使力地刮磨患者的肩、頸、胸口和背部，直到皮膚呈紫暈狀為止，藉以逼出體內暑氣以減輕不適，幫助氣血通暢，恢復精神。刮痧也是許多人兒時難忘的回憶吧！

該 ㄍㄞ gāi　賅 ㄍㄞ gāi

部首：言　貝

筆畫：13　13

簡體字：该　赅

草書

行書

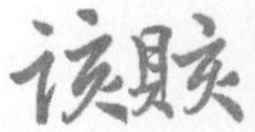

隸書

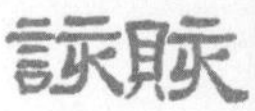

小篆

金文

甲骨文

是言簡意「~~該~~」？還是言簡意「賅」？

✓這樣用就對了！

文字和語言，往往是**言簡意賅**比長篇大論，更能感動人心。美國第十六任總統林肯在南北戰爭結束前夕，於賓州發表的〈蓋茲堡演說〉，雖然只有二百七十二字，但其中強調「自由」、「平等」的人權理念，對美國影響深遠。

非裔美籍的黑人民權領袖馬丁．路德．金恩博士，長年為種族平等與自由奔走，他於一九六三年發表的著名演說〈我有一個夢〉，使用「我有一個夢」一詞，簡要地表達出他希望有一天，黑人能和白人立於平等地位，該演說也影響了美國於次年通過的平等權法案。足見有力量的語言，不在多，而在精。

○搞清楚弄明白

「該」的本義為軍中戒約，《說文解字》解釋：「該，軍中約也。」而軍隊中約束士兵的軍法十分嚴格，所規定的法條必須完全遵守，沒有商議之處，是「應當」作之事，所以「該」字乃引申作「應當」之意，如應該、該當。

「賅」，是充足、完備的意思，音ㄍㄞ，和「該」字讀音相同，字形也相似。「學問賅博」是形容一個人各方面的知識都相當淵博。

成語「言簡意賅」，意思是言辭簡單而意思完備。「言簡意賅」原來作「詞簡意備」，出自宋張載《張子全書》中〈義理篇〉的記載：「人之迷經者，蓋已所守未明，故常為語言可以移動。己守既定，雖孔孟之言有紛錯，亦不須思而改之，復鋤去其繁，使詞簡而意備。」

這段話主要是提醒大家，我們之所以會被典籍記載所迷惑，是因為無法清楚明白心中所要堅守的道。事實上，只要能把握原則，即使孔孟的言論有紛雜錯亂的地方，也可以清楚掌握其意旨，甚至不須太過思索就能改動冗雜的文字，使得文詞簡潔扼要而意思完備。現今所常用的「言簡意賅」這句成語，就是從原文中的「詞簡意備」演變而來。

由於「該」與「賅」字形相似、字音相同，在使用時常被混用。所以「該」後來也有具備、兼備的意思，如：漢蔡邕〈司空袁逢碑〉：「信可謂兼三才而該剛柔。」正因為如此，「言簡意賅」又可以寫作「言簡意該」。

俗話說：「沒下唇就不該攬著簫吹」，指的是凡做事都應先認清自我的能力，若是超出能力之外，就不應該太過勉強，以免誤己又誤事。古典小說《醒世姻緣傳》第三回就曾用這句俚語告誡人：「沒志氣的東西！沒有下唇就不該攬著簫吹。」

個 各

ㄍㄜˋ gè　ㄍㄜˋ gè

部首：人　口

筆畫：10　6

簡體字：个　各

草書

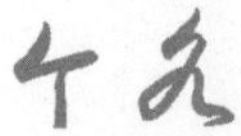

行書

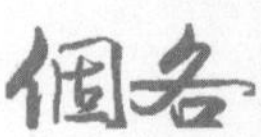

隸書

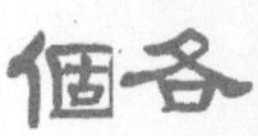

小篆

金文

甲骨文

環肥燕瘦，「個」有魅力

這樣用就對了！

過去，女人一旦超過三十歲，彷彿就失去了人生一半的青春。然而，根據英國一項調查顯示，三十歲前後的「熟女」，其實比十八九歲的少女更具吸引力。這個階段的女性，不僅仍有年輕的氣息，還多了由於自信與**個性**增添的美麗。

其中，又以「三十一歲的女人」最美，像英國知名女主播克莉絲汀（Christine Bleakley）、選秀節目「舞動奇蹟」評審艾莉莎．迪克森（Alesha Dixon）和模特兒凱莉．布魯克（Kelly Brook），都是三十一歲的美人，**各自**有其魅力。對女性的審美觀，隨時代變遷，也與時俱進，展現出與過往截然不同的思維。

搞清楚弄明白

「各」字表示一個人由外面群體生活回到各自居室的意思，《說文解字》說：「各，異辭也。从口夊（音ㄙㄨㄟ）。夊者，有行而止之，不相聽也。」甲骨文寫作「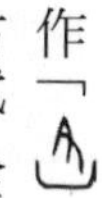」，「」代表人腳趾頭向內，而「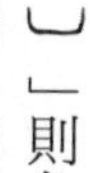」則象古代人半穴居之形。後世則引申出「各說各話」的用法。與「各」字相反的字是「出」，甲骨文寫作「」，字形是以人的腳趾頭向外，表示要由內向外出門之意。

「個」的意思原先是作為計算竹子的數量單位詞，這個字《說文解字》沒有收，《說文解字》收錄的是「箇」：「箇，竹枚也。从竹，固聲。」「箇」和「個」都讀為ㄍㄜˋ，「個」是從「箇」分化出來的字，所以比較晚產生，甲骨文和金文都未見，字形的左旁是「人」部，右旁是聲符「固」。「個」字在古文獻中，有時也寫作「个」。

「各」和「個」因為讀音相同、引申義相似，使用上常常造成混淆。「各」字是指多數或複數中的單數，所以「各位」、「各自」、「各種」、「各執一詞」，不能寫成「個位」、「個自」、「個種」或「個執一詞」。除了上述可作為代名詞使用外，「各」也可當作形容詞，表示「每」的概念，例如「各單位」。

而「個」字則是指人或物的單數，可作代名詞用，例如「個中滋味」、「個中好手」。或作量詞，例如「一個」。至於「各別」和「個別」、「各人」和「個人」也都如上所述，前者概念都是指多數或複數中的個體，後者概念都是指單數的個體。

談到「各」字，有一句大家耳熟能詳的成語叫作「各奔前程」，這個典故見之於晚清小說《孽海花》第十九回：「歡聚至更深而散，明日各奔前程。」「各奔前程」意指各走各的路，後來比喻各人按照自己不同的志向，尋找自己的出路，各自發展。現在多用於畢業的莘莘學子們。

李白的〈秋浦歌（其十五）〉云：「白髮三千丈，緣愁似箇長。」詩中以誇飾手法描述一個人滿頭都是長長的白髮，起因於愁思鬱結。詩人將內心惆悵的情緒，轉化為具體事物的描寫，再加上誇張的藝術形式，使讀者更能感受其抑鬱不得志之感慨。

慨 ㄎㄞˇ kǎi　愾 ㄎㄞˋ kài

	慨	愾
部首	心	心
筆畫	12	13
簡體字	慨	忾

草書

行書

隸書

小篆

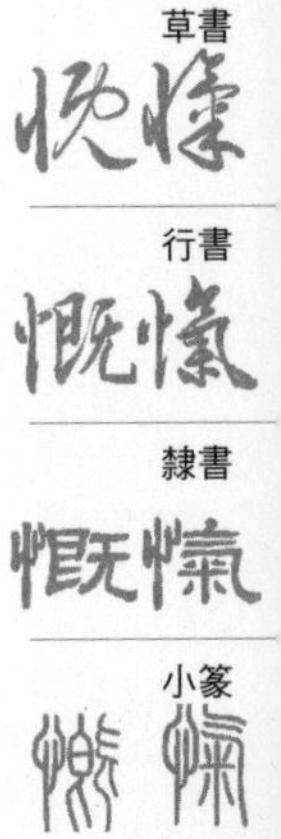

金文

甲骨文

和大家站在同一陣線，同仇敵「~~慨~~」！

✓這樣用就對了！

中國大陸由於物價上漲但薪資照舊、貧富差距嚴重，加以先前富士康「十二連跳」與加薪事件，讓基層勞工的不滿如炸裂的壓力鍋，一發不可收拾。

大陸入口網站開始出現年輕勞工拍攝的罷工影片，這些影片多是由抗議勞工本身在現場用手機拍攝，畫質雖差，卻引來網友瘋狂轉載，**慷慨**激昂的抗議場面，既激發大陸基層勞工**同仇敵愾**的情緒，也揭露當前轉型中的大陸社會面臨的問題。

是否該改善勞工薪資、揮別廉價的勞力市場，抑或全力維持現狀？這不僅是大陸當局，更是全球以低廉工資為競爭優勢的國家，所無法迴避的問題。

○搞清楚弄明白

「慨」的本義指的是人在不得志時憤怒激動的樣子，《說文解字》說：「慨，忼（音ㄎㄤˇ）慨也，壯士不得志也。从心，既聲。」如：憤慨、慷慨。而後也用在形容感嘆、憂傷的情況，例如：感慨、慨嘆。「慨」也可以形容豪爽、不吝嗇，如：慨然、慨允、慨諾。《西遊記》第二十六回說：「特來尊處求賜一方醫治，萬望慨然。」

至於「愾」的本義，指的是大口呼吸或長聲嘆氣之意，《說文解字》解釋：「大息也。从心从氣。《詩》曰：『愾我寤嘆。』」此處需要注意的是，當「愾」字讀為「ㄒㄧˋ」時，為「愾」的本義，《詩經．曹風．下泉》說：「愾我寤嘆，念彼周京。」（唉！我在嘆息呀！思念周的京城。）當要用來形容恨、怒、激動的情緒時，這時字音便須讀做「ㄎㄞˋ」，如：同仇敵愾。

「慨」、「愾」兩字容易誤用的原因在於字義相近，因為兩字都能形容情緒激昂、高亢的樣子，譬如《史記．游俠列傳》裡形容郭解「少時陰賊，慨不快意，身所殺甚眾。」，這裡的「慨」便是在形容激憤的樣子。而「同仇敵愾」則是指共同抱著憤恨的心情，齊心同力抵抗敵人。

不過，「愾」字只限定用於憤怒、憤恨之意，而「慨」所涵蓋的語義則不僅是憤怒激動，還有形容感慨的「慨嘆」、表現豪爽的「慨諾」。因此，使用這兩個字之前，應先搞清楚要形容的情況。

「同仇敵愾」是由「同仇」及「敵愾」組合而成。「同仇」出自《詩經．秦風．無衣》，描述在戰場上即使沒有足夠的衣服，士兵仍可同袍同仇，一起殺敵。「敵愾」則出自《左傳．文公四年》，魯文公設宴款待從衛國來訪的甯（音ㄋㄧㄥˋ）武子，命樂工演奏〈湛露〉和〈彤弓〉兩首詩歌。甯武子不喜文公僭用天子的歌樂，便沒按當時的外交禮節賦詩應和。

魯文公派官員私下探問原因，甯武子巧妙回答：「我以為那兩首詩歌是樂工在練習演奏，因為這些曲目應該只出現在天子的宴會上。過去諸侯在正月前往京師向天子朝賀，天子會設宴奏樂，這時要演奏的是〈湛露〉，表明諸侯願意共同抵禦天子的敵人，並接受天子賞賜的弓、箭，以彰顯他們的功勞。現在我只是奉命來促進續兩國的友好關係，承蒙君王賜宴，怎麼敢觸犯大禮而自取罪過呢？」後來這兩個典故被合用成「同仇敵愾」，合併後，用來指共同抵禦仇敵。

框 ㄎㄨㄤ kuāng　眶 ㄎㄨㄤ kuāng

	框	眶
部首	木	目
筆畫	10	11
簡體字	框	眶
草書	框	眶
行書	框	眶
隸書	框	眶
小篆		
金文		
甲骨文		

太感動了，我的眼淚奪「~~框~~」而出

✓這樣用就對了！

每個人從幼稚園到大學總共經歷五次畢業典禮。每一次畢業，或許是對逝去日子的感傷，或許是對未知將來的恐懼，我們總在一次又一次的分離中，任由不捨的淚水**奪眶而出**。

如果畢業是為了邁向另一階段的成長，畢業旅行或許也該跳脫傳統旅行的**框架**，給自己一場挑戰。真理大學水域運動休閒學系二〇一〇應屆畢業生，即進行一次有別於傳統的畢業旅行，學生們花十六天以重型帆船環島一周，這段期間雖然碰上大太陽、下大雨和颱風，他們仍用盡全力完成旅行。鍛鍊自我、學習面對不可能，是這些畢業生除了離情與祝福之外，最好的畢業禮物。

○搞清楚弄明白

「眶」字是眼睛四周的意思，《詞源》說：「眶，目厓（ㄧㄞˊ）也。」而「框」

字原為棺木的一部分，由《廣韻》中的解釋：「框，棺門也」可略窺一二。後來，凡是器物周圍可以用來嵌住物品的部分都可以稱為「框」，如：「相框」、「畫框」等。

事實上，「眶」與「框」的本字都是「匡」字，如《史記．淮南王列傳》：「於是氣怨結而不揚，涕滿匡而橫流。」這裡的「匡」字，其實指的就是「眼眶」。然而「匡」字代表的意義實在太多，除了是「眶」與「框」的本字外，同時也是「筐」（竹篾（音ㄇㄧㄝˋ）或柳條所編成的盛物器具）的本字，並且還有表示「改正」的「匡正」、「匡謬」；表示「救濟」的「匡救」等意。東漢許慎在《說文解字》中，還將「匡」解釋為「飯器」，也就是盛飯的器具。這種一字多義的情形，很容易造成使用上的混淆。因此，人們為了使文字的意義更為明確，便以「匡」字為基礎，另外創造「眶」與「框」字。

「眶」與「框」都屬於形聲字。「眶」以目為形符、匡為聲符；「框」以木為形符、匡為聲符。以形聲字的造字原則來看，形符通常用以表示字義，也就是說，「眶」以「目」作為形符，必定與「眼睛」有關；而「框」以「木」為形符，所以也必與木製器物有關。

因此，表示眼睛四周應該使用「眼眶」，而非「眼框」。如：「熱淚盈眶」、「淚珠盈眶」等。譬如眼淚「奪眶而出」一詞，意思是眼淚從眼眶中流出來，倘若寫成「奪框而出」，那它的意思豈不成為眼淚「奪門而出」？

唐代詩人王昌齡曾作〈箜篌引〉，其中寫道：「顏色饑枯掩面羞，眼眶淚滴深兩眸。」宋代詞人宋豐之也曾於〈小沖山〉中寫道：「花樣妖嬈柳樣柔，眼波流不斷、滿眶秋。」這兩首作品都在描述眼淚奪眶而出的景況，這些都是「眶」字用法的正確範例。

貸 ㄉㄞˋ dài　貨 ㄏㄨㄛˋ huò

	貸	貨
部首	貝	貝
筆畫	12	11
簡體字	贷	货

草書　行書　隸書　小篆　金文　甲骨文

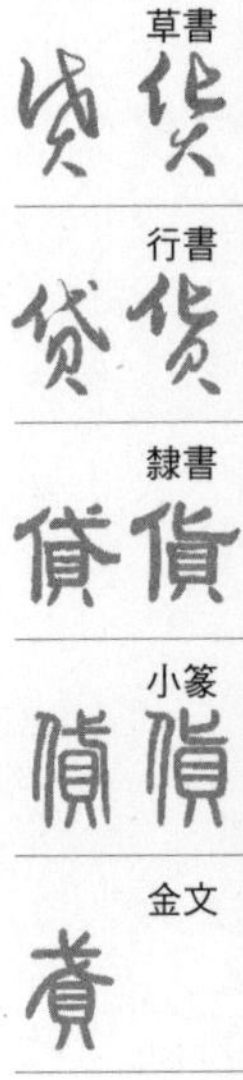

先生！我要跟你們銀行借「~~貨~~」

✓這樣用就對了！

零用錢可說是國高中生重要的經濟來源，不過，前年發生全球金融風暴之後，卻讓學生開始有了儲蓄、記帳等簡單的理財習慣。

據調查，金融海嘯後，國中生變得較為簡約，平均擁有的零用錢增加近九十元，但希望擁有的零用錢卻下降將近一百多元，會將零用錢存起來的學生，比例也大幅上升，少部分人還會把零用錢**借貸**給同學。

當經濟環境變差，不僅大人追求省錢妙方，連學生都開始學習理財之道，從這個角度看，變窮也未嘗不是一件好事。

○搞清楚弄明白

「貨」的本義是指「財物」，《說文解字》說：「貨，財也。从貝，化聲。」後來又引申出「商品」以及「錢幣」的意思，前者例如「百貨」、「雜貨店」、「不識貨」等；後者例如「貨幣」一詞。

「貸」本是指「施捨財物與他人」，《說文解字》說：「貸，施也。从貝拊代聲。」段玉裁注解《說文解字》時，進一步解釋說：「謂我施人曰貸。」也就是施捨財物給人。

後來，「貸」由本義引申為「向他人商借錢財」的意思，例如：「借貸」、「賒貸」。同時又從「施捨」意思，引申出有「施捨他人恩惠」或「寬恕」的意思，例如：「寬貸」、「嚴懲不貸」。除此之外，從「施與」的這個概念又延發展有「推卸」的含意，例如：「責無旁貸」。

可見「貨」與「貸」兩字雖然都與財物相關，意思卻完全不同。不過，「貨」跟「貸」在字形上非常相近，因此常常會寫錯。例如，把要向銀行借錢的「貸款」、「借貸」寫成「貨款」跟「借貨」，意思就完全不一樣了。或者反過來把「貨物」、「貨品」寫成「貸物」跟「貸品」，在我們所使用的詞彙當中，更是根本就沒有這種用法。

所以，對於這種字形相近，但是意思不同的字，在使用上都必須仔細留意。否則，下次去銀行辦理「借貸」的手續時，就會變成是要跟銀行借「貨」了！

談到「貨」字，有一句大家熟悉的成語「奇貨可居」。根據《史記．呂不韋列傳》的記載，陽翟的大商人呂不韋，常在各國往來從事貨物買賣。有一次，呂不韋到趙國的邯鄲城做生意，碰到當時在趙國做人質的子楚。子楚本是秦國太子安國君的兒子，由於安國君並不重視子楚，導致他在趙國的生活很不順遂。可是呂不韋卻認為子楚是「奇貨可居」，就像可以囤積起來待價而沽的貨物。

於是他前去遊說，告訴子楚他能夠光大子楚的門庭，但子楚並不相信，他笑著說：「你先回去光大自己的門庭，再來光大我的門庭吧！」呂不韋回答：「你有所不知，我的門庭要依賴你的門庭光大了之後，才能變大啊！」子楚聽完，了解到呂不韋的深義，便決定與他深談。在呂不韋的獻計與資助下，子楚最後當上秦國的國君，也就是後來秦始皇的父王「秦莊襄王」。

ㄏㄨㄞˊ 徊 huái

ㄏㄨㄟˊ 迴 huí

部首	辵	彳	辵
筆畫	9	9	10
簡體字	迴	徊	回

草書

行書

隸書

小篆

金文

甲骨文

不肯「迂迴」入醉鄉

✓這樣用就對了！

二〇〇七年當選的澳洲總理陸克文，成功帶領澳洲擺脫金融海嘯，重振國內經濟，使他的支持率一度高達六成，創下在任總理最受歡迎紀錄。然而，二〇一〇以來，由於放棄碳排放權交易的立法，違背自己當年的競選承諾，加上對礦業開徵將近四成的新稅，讓他的聲望大幅下滑。

陸克文於六月下旬黯然下臺，讓副總理吉拉德接班，造就澳洲史上首位女總理。澳洲政壇絲毫沒有**迂迴**餘地的作法，連政治觀察家都感到驚訝。可見政治人物不能只**徘徊**於過去的成功，更得信守承諾，不斷開創新局，才是永保民心的良方。

迥

ㄐㄩㄥˇ

jiǒng

搞清楚弄明白

「迴」、「徊」，是從「回」衍生出來的字。「回」字像水旋轉的形狀，因此它的本義是指「旋轉」，《說文解字》說：「回，轉也。從口(音ㄨㄟˊ)，中象回轉之形。」後來，當「回」無法完全表達人們所要傳達的意思時，就在左偏旁加上表示類別的部首，比如加上辵(上彳下止，表示乍行乍止)而有「迴」、加上彳(小步)，則產生了「徊」。

「迥」的本義是指「遙遠」，從字形上來看，就知道不是「回」的衍生字，《說文解字》指出：「迥，遠也。从辵，冋(音ㄐㄩㄥ)聲。」「迥」，辵字偏旁，表示與行走有關。

由於都是「回」衍生出來的字，所以古代人有時候寫「回」而不寫迴、徊，像歐陽脩〈醉翁亭記〉的「峰回路轉」，現在則寫作「峰迴路轉」。

徊，多半與「徘」連用。當「徊」字義與「回」、「迴」相通，音「回」，比如「低迴」，可以寫為低回、低徊(音ㄏㄨㄟˊ)。也就是說，「迂ㄏㄨㄟˊ」(曲折迴旋)是「迂迴(回)」，而不是「迂徊」。

迴、迥這二字雖常遭誤用，但它們其實很容易判斷，「迴」是旋轉、環繞，「迥」則是特別地(如「迥然不同」)，或是相差很遠(如「迥若兩人」)。所以，表示曲折迴旋之意的「迂ㄏㄨㄟˊ」，應該用「迴」，而不是「迥」。

「迂迴」，可以用來形容路徑彎曲，也能形容人說話拐彎抹角，如張雨生〈我期待〉的歌詞：「前前後後，迂迂迴迴地試探」。或是軍事作戰術語，表示避開敵軍的主力，突襲敵軍較弱的一方，如三十六計的「聲東擊西」就是一種迂迴戰略。

唐朝詩人汪遵，寫了感嘆屈原愛國的〈屈祠〉，其中有一句：「不肯迂迴入醉鄉。」此「迂迴」二字要怎麼解釋呢？不急，先來看看屈原的故事。

屈原深明富國強兵之道，楚懷王原本很倚重他。然而，屈原的剛直妨礙了楚國貴族的利益，不僅遭人誣陷，懷王也逐漸疏遠他。那時，秦國派人用六百里地誘騙懷王親秦，懷王不聽屈原的勸諫而上當，最後不僅與盟友齊國交惡，還喪失大片國土。屈原就是在反對楚、秦合作過程中，兩度遭流放，直到秦國攻破楚國國都郢（音ㄧㄥˇ）城，才憤而自投汨羅江。

看完故事就清楚了，原來不肯迂迴入醉鄉的「迂迴」，就是指屈原性情耿直，不肯違背自己的意願、不願與世人同流合汙的意思。

渙 煥

ㄏㄨㄢˋ huàn　ㄏㄨㄢˋ huàn

部首：水　火

筆畫：12　13

簡體字：涣　焕

草書：渙　煥

行書：渙　煥

隸書：渙　煥

小篆：

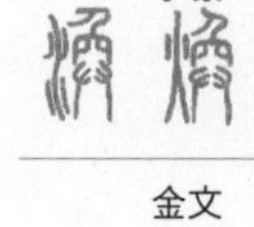

金文

甲骨文

不再心存怨恨之後，他「渙」然如新

✓這樣用就對了！

如果結婚典禮是象徵新人步入人生另一階段的開始，那麼，夫妻離異是否也該辦個「離婚典禮」，見證即將到來的單身生活呢？日本最近有一種另類流行，要分手的夫妻，會特別舉辦「離婚典禮」，在雙方親友見證下，拿青蛙槌敲碎婚戒，象徵婚姻結束，新生活的開始。

有人在經過離婚儀式後表示，婚戒被砸碎的剎那，令他們感到**煥然一新**。鑑於日本居高不下的離婚率，業者趁勢推出離婚儀式服務，當怨偶們把過去的不愉快一筆勾銷、彼此**渙然冰釋**，坦然面對未來的新生活，離婚也能像結婚一樣，好聚，也好散。

○搞清楚弄明白

《說文解字》說：「煥，火光也。从火，奐聲。」可知「煥」本來的意思是火花光亮的樣子。《玉篇》說：「煥，明也。」由此可知，「煥」字有光亮、光明的意思。

至於「渙」本指河水分散、離散，後來又引申有盛大的意思。《說文解字》說：「渙散（散）流也。从水，奐聲。」段玉裁為《說文解字》作注時引用《毛詩》曰：「渙渙，春水盛也。」

「煥」和「渙」因為字形相近，書寫時容易混淆。「煥」字指光彩絢麗、光耀明亮，如煥然一新、精神煥發（光彩四射之意）；而「渙」字則有離散、分散的意思，如精神渙散、渙然冰釋（像冰塊遇熱溶化）等。

成語「煥然一新」，典故出自唐代書畫家張彥遠的《歷代名畫記．論鑒識收藏購求閱玩》：「其有晉宋名跡，煥然如新，已歷數百年，紙素彩色未甚敗。」張彥遠先說明讀書人多識畫亦有收藏，然識畫者卻多未能鑑識，能鑑識者卻多未能賞玩，能賞玩者卻不會裝褫（音ㄔˇ），直到東晉、劉宋時，漸有改善，出現嶄新的面貌，顯露光彩，呈現出新的氣象。當中「煥然如新」就是形容有光采，猶如改變舊面貌，呈現出全新的樣子。

成語「渙然冰釋」則出自《老子．第十五章》：「渙兮若冰之將釋，敦兮其若樸，曠兮其若谷。」意思是：古時候善於追尋道理的人，如果突然明白、頓悟，就會像冰雪要溶化的時刻；此時原本沉重的心，會開始變得淳樸自然；而其胸懷，就會像山谷一樣寬廣。當中的「渙」字與其本義離散、分散相同，指冰塊溶化散開的意思。現今多用來比喻誤會、疑慮一下子完全消散。

績 積

ㄐㄧ jī　ㄐㄧ jī

	蹟	績	積
部首	足	糸	禾
筆畫	18	17	16
簡體字	迹	绩	积

草書

行書

隸書

小篆

金文

甲骨文

等待奇「績」發生

（「績」字上有叉號）

這樣用就對了！

一九九八年底，紐西蘭人費爾，為尋找登山失蹤的兒子多次來臺，獨自在阿里山區漂泊。完全不懂國、臺語的他，偶然在計程車上聽到臺語歌手江蕙的「半醉半清醒」，就此找到了尋子旅途的精神支柱，也成了江蕙的歌迷。這段奇遇被作家劉克襄寫下，而在二〇〇八年，從轉貼文章得知此事的江蕙，決定邀請費爾來聽演唱會。

於是，江蕙在二〇一〇年舉辦的演唱會，透過劉克襄與紐西蘭華僑的幫助，順利請到費爾來臺。雖然十年前費爾終究沒找到兒子，但臺灣長期**積累**的獨特溫情，以及這段人生的**奇蹟**，相信會為他帶來新生的力量。

ㄐㄧ

蹟

jī

◎搞清楚弄明白

「積」字的本義有「累聚、聚集」的意思，許慎《說文解字》說：「積，聚也。从禾，責聲。」常用的詞語，如：堆積、累積、積蓄、積少成多等。《荀子．勸學》說：「不積蹞（音ㄎㄨㄟˇ）步，無以至千里；不積小流，無以成江海。」就是勉勵人讀書須累積功夫，才會有所精進。

而「績」字，有「成效、功業」之意，例如：成績、功績、業績、績效等，《爾雅．釋詁下》說：「績，成也。」宋代的韻書《廣韻》說：「績，功業也。」

至於「蹟」字，《說文解字》將其安排在「迹」字之後，說明它是「迹」字的另一種寫法。在今天，「蹟」主要表示「前人留下的可供後人追念、憑弔的事物」，例如：古蹟、事蹟、遺蹟等，以及意指「某一現象、情況」，例如：奇蹟。

「積」、「績」跟「蹟」三字雖然容易混淆，但只要留意這三個字的部首與字義的關連，以及詞性上的差異，其實是可以區分清楚的。例如在詞性上，「積」當動詞使用，而「績」跟「蹟」則多當名詞使用。「積」字從「禾」部，所以與古代農作物的儲存有關，並以「聚集、累增」之意發展出積非成是、積重難返、積羽沉舟等詞。

而「績」的本義是古代用手將麻搓揉成線的紡織程序，所以從「糸」部。後來由本義又引申指「成就、功勞」之意，如：考績、政績、戰績。至於「蹟」字則是「迹」字的異體字，本指步行時遺留在地上的足印，所以從「足」部。經過這樣的解說，您明白三字的差異了嗎？

急 ㄐㄧˊ jí 疾 ㄐㄧˊ jí

部首：心 疒
筆畫：9 10
簡體字：急 疾
草書 行書 隸書 小篆 金文 甲骨文

不「急」不徐，從容才是上策

✓這樣用就對了！

自從知名記者卡爾．歐諾黑（Carl Honore）寫出《慢活》一書，提倡慢活，世界很多強調效率、速度的地方，掀起慢活風，臺灣也不例外。

愈來愈多鄉鎮推動地方觀光時，特別強調慢活享樂。交通部觀光局對外宣傳二〇一〇和二〇一一年的旅行臺灣計畫，其中一項即是「慢活養生的臺灣」，找來日本藝人，騎自行車遊花蓮，向日本人傳達臺灣「慢」的魅力。

此外，近年來臺灣不再一味強調科技成就和財富累積。像是上海世博會臺灣館的主題歌，即以雲門、蜂炮、媽祖、天燈、太魯閣、龍山寺、夜市等，展現臺灣的文化和內涵。讓世界了解臺灣正從**急功近利**和快節奏，走向**不疾不徐**，展現另一種從容和美麗。

◎搞清楚弄明白

「疾」字的本義就是生病的意思，許慎《說文解字》說：「疾，病也。从疒（音ㄔㄨㄤˊ），矢聲。」除了「生病」的意思外，「疾」還有幾個比較常見的用法：第一，有厭惡、痛恨的意思，例如：疾惡如仇；第二，有快速的、猛烈的意思，例如：疾風知勁草、大聲疾呼。

「急」字的本義是指「窄狹」，《說文解字》記載：「急，褊（音ㄅㄧㄢˇ）也。从心，及聲。」段玉裁則進一步解釋：「褊者，衣小也。故凡窄　謂之褊。〈釋言〉曰：『褊，急也。』」後來引申有「迫切的」、「急迫的」意思，如：「急事」、「急件」等。另外，「急」還表示「迅速的」意思，如：「腦筋急轉彎」。

由於「急」跟「疾」在意義上都有「快速、迅速」的意思，因此在某些詞語的使用上，常有混用的情形發生。例如：把「不疾不徐」寫成「不『急』不徐」。或者把「大聲疾呼」寫成「大聲『急』呼」。實際上，這兩個詞語都應該寫成「疾」字才對。

至於跟「急」字有關，人們琅（音ㄌㄤˊ）琅上口的詩句「本自同根生，相煎何太急」，則是出自於三國時代曹丕、曹植兄弟的典故。根據《世說新語》記載，魏文帝曹丕曾命令東阿王曹植在七步之內完成一首詩，如果辦不到，就要處罰他。

於是曹植就在七步之內完成了著名的詩作：「煮豆持作羹，漉豉（音ㄌㄨˋ ㄕˋ）以為汁。萁（音ㄑㄧˊ）在釜下然，豆在釜中泣。本自同根生，相煎何太急？」意指兩人為親兄弟，為何曹丕要如此構陷他？後人便將這首詩的最後兩句，用來勸戒感情不睦的兄弟。

在日常生活中，也常常會聽到「急驚風碰上慢郎中」這句歇後語，意思是當一個急性子的人遇到了一個行事遲鈍、反應很慢的人時，在互相配合上，急性子的人無法「不『疾』不徐」地處理事情，而只能眼看著反應慢半拍的人，心裡「乾著『急』」！

部首	筆畫	簡體字	草書	行書	隸書	小篆	金文	甲骨文
人 人	16 13	尽 仅	儘 僅	儘 僅	儘 僅	僅		

儘 ㄐㄧㄣˇ jǐn　僅 ㄐㄧㄣˇ jǐn

「~~僅~~管」放馬過來

✓這樣用就對了！

據監察院調查，臺灣每三名產婦就有一名採取剖腹生產，其比例名列世界前茅。**不僅**高屏地區的剖腹生產率異常偏高，新竹甚至有些診所的剖腹生產率高達八成。經過調查，監察院在二〇一〇年對衛生署提出糾正案，希望衛生署**儘早**提出改善方案，對剖腹生產率太高的特定地區採行管控措施。

然而，由於現代人結婚較晚，產婦年齡也隨之提高，剖腹生產對母親與胎兒的安全較有保障。即使能夠自然產，很多準媽媽也因為怕痛，仍選擇剖腹生產。不過，剖腹生產率高也代表著健保費遭到浪費，如何在剖腹產和健保資源有效運用之間取得平衡，衛生署恐怕要傷好一陣子腦筋了。

◎搞清楚弄明白

「僅」的本義就是「只」，當我們說「僅只於此」時，即是形容人的能力有限。許慎《說文解字》說：「僅，材能也。从人，堇聲。」這裡的「材能」一詞，俗作「纔能」，即「只能」。《廣雅．釋詁》裡，右偏旁的「堇」則解釋為「少」，取其「多中取少」的含意。《史記．樂毅傳》說：「樂毅報遺燕惠王書曰：『……輕卒銳兵，長驅至國，齊王遁而走莒，僅以身免。』」就是指燕國軍隊攻入齊國首都，齊王倉皇失措，狼狽敗逃到莒，「只能」自保而已。

唐朝古文大家韓愈〈柳子厚墓誌銘〉說：「一旦臨小利害，僅如毛髮比，反眼若不相識。」指出人性趨利避害的一面，人往往禁不起利害關係引發的矛盾與對立，即使只是細如毛髮的小事，也足以使人心生怨懟而反目相向。

日常生活中，我們常使用的「不僅……，而且……」句型，其中的「不僅」就有不但、不單、不光、不只的意思，常見詞語有「僅是」、「僅可」、「僅能」等。例如：「僅此一次，下不為例」就有強調「喂！只有這次而已，沒有下次」的意思。

至於「儘」字，本義有極盡、全、都的意思；進一步可引申為「任由」、「不加以限制」，例如：「儘管」、「儘量」、「儘可能」等，都是常用的詞語。「儘量」，表示盡所有的力量去做。古代以「盡」通「儘」，「儘」是「盡」的異體字。許慎對「盡」字的解釋是：「器中空也，从皿。」器皿的容量雖然有它的限度，卻也能傾其所有而出，所以器物最後呈中空狀。

「儘管」則可以有兩層意思：其一、表示「即使」、「雖然」；其二、表達不加限制，照自己的意思去做。前者如：「儘管外頭下著滂沱大雨，他們依然前往偏遠山區慰問獨居老人。」後者如：「大家儘管點餐，別客氣，今天我買單！」

根據《宋史》記載，李沆（音ㄏㄤˋ）是位剛正不阿、奉公守法的官員。雖然官拜宰相，地位顯赫，仍一秉初衷，簡樸持家，即使宅第廳院隘小，只容許馬身掉轉，他依然不擴充宅院，直至終老。這種「廳事前僅容旋馬」的低調與清正，就是李沆的風骨和典範，名留青史，令人欽佩！

劇 ㄐㄩˋ jù　據 ㄐㄩˋ jù

	劇	據
部首	刀	手
筆畫	15	16
簡體字	剧	据
草書	劇	據
行書	劇	據
隸書	劇	據
小篆	劇	據
金文		
甲骨文		

「劇」理力爭，才能得到支持

✔這樣用就對了！

期滿出獄的更生人想重新開始，常面臨工作難尋的困境。對於常遭人誤解的愛滋病患者，境況更是嚴峻。一名曾染上毒癮，也是愛滋患者的更生人，見素昧平生的NGO（非政府組織）人員為推動「愛滋減害計畫」向政府**據理力爭**，讓他深受感動，從此「清醒」過來。

他在故鄉屏東打造愛滋更生人的希望農場，種植芒果和洋蔥。為證明感染者也能盡到社會責任，他邀請其他愛滋更生人朋友一起來打拚農業，希望在這變動**劇烈**的社會，留下一方能讓愛滋更生人活出自我價值的淨土。

○搞清楚弄明白

「據」字的本義就是「倚靠」，然後，由「倚靠」的含意又延伸發展出「按照、依照」，以及「占有、占領」之意。前者常用的詞語，如：「依據」、「據說」、「據理力爭」等，後者則有：「割據」、「據為己有」。許慎《說文解字》記載：「據，杖持也。从手，豦（音ㄑㄩˋ）聲。」段玉裁進一步補充說明：「謂倚仗而持之也。」現今，「據」字還可以當作名詞，表示「作為證明事物成立或發生的一種憑證」，相關的詞語，有：「收據」、「借據」、「證據」等。

至於「劇」字，今日常見的用法有二：一是當作副詞，指「非常地、猛烈地」，例如：「急劇」、「劇烈」、「劇痛」、「劇變」。二是當作名詞，指「用來娛樂大眾的戲文」，例如：「喜劇」、「話劇」、「劇本」、「劇作」等。

「據」跟「劇」兩字因為字形相近，書寫時容易造成混淆。例如：「言之有據」意思是指說話有所根據，可是卻往往被誤寫成「言之有『劇』」。「病情加劇」是指病情更加嚴重的意思，但也常常被誤用為「病情加『據』」。其實，「據」跟「劇」這兩個字最大的分別是：「手」部的「據」字大多當作動詞使用，而「刀」部的「劇」字則大多是作為副詞或名詞。

所以，像是「引經據典」指說話或行文時援引、依照經書典籍，來加強論述的觀點，因此就不能寫成「引經『劇』典」了。

人們常說的「惡作劇」一詞，是出自蒲松齡《聊齋誌異．狐入瓶》這則故事，大意是說：萬村有位姓石的婦人，家中常有狐狸作怪，婦人感到很憂慮，卻苦無辦法將狐狸趕走。婦人家門後有一個瓶子，狐狸每次聽到婦人的父親來探望她，總是逃到瓶子裡躲起來。婦人仔細窺看這情形，內心暗自盤算捉狐之法。

有一天，狐狸又竄入瓶中，婦人趕緊用棉花將瓶口塞住，放進鍋裡，用火將鍋中的熱水燒滾。瓶子受熱，愈來愈燙，狐狸大叫：「好熱！不要惡作劇了。」婦人不說話。狐狸的悲號更加淒厲，之後便不再發出叫聲。婦人將瓶塞拔掉，發現瓶中只剩一堆狐毛和一點點血而已。今日我們則多用「惡作劇」來表示惡意戲弄他人的行徑。

	卷	券
部首	卩	刀
筆畫	8	8
簡體字	卷	券
草書	卷	券
行書	卷	券
隸書	卷	券
小篆	卷	券
金文		
甲骨文		

卷 ㄐㄩㄢˋ juàn　券 ㄑㄩㄢˋ quàn

我的消費能不能用禮「卷」抵用？

✓這樣用就對了！

美國社會胖子特別多，據統計，約有百分之六十五的人體重過重或肥胖。但是胖子在美國，也常受到歧視，有些企業行號，拒絕僱用胖子，甚至要胖子員工捲鋪蓋走路。此外，航空公司也不怎麼歡迎胖子乘客。

美國知名的廉價航空西南航空公司，就曾以「體型過於龐大」為由，拒絕一名兩百多公斤的德州女子康妮登機，除非她多買一張機票。康妮與航空公司激烈爭執，為此錯過三班飛機，最後因為有一班次座位較空，她才不用多買一張票。西南航空事後向康妮道歉，並送上一百美元的**禮券**，但是此一事件已對企業形象造成負面影響。

○搞清楚弄明白

「券」與「卷」兩字因字形相近，常被混用。「券」在古代是指一種契約、契據，常分成兩半，由進行交易或簽定合約的雙方各執其一，以做為信物。現今多泛指具有價值，可做為憑證的票根，例如：禮券、獎券、證券、點券、入場券等。根據許慎《說文解字》的說明：「券，契也。……券別之書，以刀判契其旁，故曰契券。」

「卷」則是多音字，常見的音讀有：「ㄐㄩㄢˋ」、「ㄐㄩㄢˇ」、「ㄑㄩㄢˊ」。「卷」音「ㄑㄩㄢˊ」時，是指「彎曲」，常見的詞語，如：「卷曲」。

「卷」音「ㄐㄩㄢˇ」時，常見的用法有三：一是「把物體弄成彎曲狀」，這個意思的「卷」字通「捲」字，如：席「卷」可寫作席「捲」、「卷」土重來可寫作「捲」土重來；二是「指稱被製成彎曲狀的東西」，如：蛋卷、膠卷、銀絲卷等；三是當作「計算事物的量詞」，如：一卷衛生紙。

「卷」字讀為「ㄐㄩㄢˋ」時，在古代是對「書籍」的通稱。在紙張大量使用前，是以竹簡和縑（音ㄐㄧㄢ）帛為主要書寫工具，無論是簡帛或紙張，都是以捲起來的形狀收藏，所以「卷」成為對「書籍」的通稱。常見的詞語，例如：書卷、開卷有益、手不釋卷。後來由「書籍」又引申指「機構備存的文書檔案」以及「考試的題紙」，前者如：「卷宗」，後者如：「考卷」、「試卷」。

「券」和音「ㄐㄩㄢˋ」的「卷」字，由於字形和讀音相近，使用時往往會混淆。尤其是「券」，在書寫時經常把下半部的「刀」部誤寫成「力」部，或在說話時把讀音「ㄑㄩㄢˋ」誤讀為「ㄐㄩㄢˋ」。這兩字的主要用法都是當作名詞，只是「券」是一種有價值的憑證、契約，而「卷」則是指書籍、檔案文件或試題紙等。

成語「開卷有益」通常是在勉勵人們多讀書，必定有收穫。是出自宋王闢之的《澠（音ㄕㄥˊ）水燕談錄．文儒》：「太宗日閱《御覽》三卷，因事有闕（音ㄑㄩㄝ），暇日追補之，嘗曰：『開卷有益，朕不以為勞也。』」意思是：「（宋）太宗每天閱讀《太平御覽》三卷，若是因事耽擱，也會趁著空閒時補讀三卷，並說：『打開書本多閱讀是有幫助的，我不認為這是件辛苦的事。』」

管 ㄍㄨㄢˇ guǎn　菅 ㄐㄧㄢ jiān

	管	菅
部首	竹	艸
筆畫	14	12
簡體字	管	菅
草書	管	菅
行書	管	菅
隸書	管	菅
小篆	管	菅
金文		
甲骨文		

老師！草為什麼會「~~管~~」人命呢？

✓這樣用就對了！

集中各色犯人、與外界完全隔離的監獄，一旦發生問題，總是格外引人注意。例如，新竹少年監獄曾引發暴動，臺中監獄也曾發生管理員包庇暴力討債事件，這些事件被媒體報導後，監獄**管理**問題也隨之浮上檯面。

在監獄裡，有些管理員被犯人視為「土皇帝」。例如，臺灣曾發生受刑人在內務檢查時，因不聽戒護人員命令「蹲下」，而遭管理員打斷腳。風靡一時的影集《越獄風雲》，主角為營救被誣陷為殺人犯而入獄的哥哥，故意去搶銀行，被關進與兄長同一所監獄。劇中寫實呈現犯人與管理員的互動關係，以及獄方**草菅人命**的醜態。究竟如何公平有效地管理犯人？真是讓各國政府相當頭痛的問題。

○搞清楚弄明白

如果不加細分地合在一起談，「茅」跟「菅」其實可看成是同一類的植物。

根據段玉裁注解《說文解字》的解釋：「按：統言則茅、菅是一，析言則菅與茅殊。……陸璣曰：『菅似茅而滑澤無毛。』」如果要細加比較，那麼「菅」跟「茅」這兩種植物還是有區別的。根據陸璣的說法，「菅」類似「茅草」，表面平滑，帶有光澤，而無毛。

至於「管」這個字，在講它之前，必需先提起古代的一種管樂器「篪」（音ㄔˊ）。許慎《說文解字》說：「管，如篪，六孔。十二月之音，物開地牙，故謂之管。从竹，官聲。」「篪」上面可能有七個、八個或九個孔，說法不一；而「管」就像「篪」一樣，也是一種竹製的管樂器，上面只有六個孔。後來「管」字引申為只要是中空圓柱形的事物都可以叫做「管」，例如：「水管」、「燈管」等。

另外，「管」也有做為動詞的用法。比較常見的有「主導、辦事」的意思，如：「管理」、「掌管」；也有「約束、規範」之意，如：「管教」、「看管」；還有「理會、在意」的意思，如：「不管風吹雨打」。

「菅」和「管」因為字形相近，書寫時容易產生混淆。例如：「草菅人命」這句成語，常常被誤寫成「草『管』人命」。可是從上面的解釋，我們可以很清楚地知道，「菅」實際上指的是一種草，所以字形的上半部為「艸」；「管」指的是一種竹製的樂器，因此字形的上半部為「竹」。如果理解兩個字不同的結構，在使用上就能夠避免出現錯誤。

至於「草菅人命」這句成語的出處，根據《漢書．賈誼傳》記載：「故胡亥今日即位而明日射人，忠諫者謂之誹謗，深計者謂之妖言，其視殺人若艾（音ㄧˋ）草菅然。」整段話意思是說：「胡亥今天才剛繼位，明天就馬上射殺臣子。把忠心進諫的臣子當做是在毀謗自己，把思慮周密、有遠見的臣子當做是在散播謠言、蠱惑人心。在他眼裡，殺人就好像是割除野草一樣，被看成是那麼容易的一件事情。」

所以「草菅人命」其實是比喻輕視人命，隨便加以殺害的意思，而不是草也能「管」人命喔！

驅 ㄑㄩ qū　趨 ㄑㄩ qū

	驅	趨
部首	馬	走
筆畫	21	17
簡體字	驱	趋

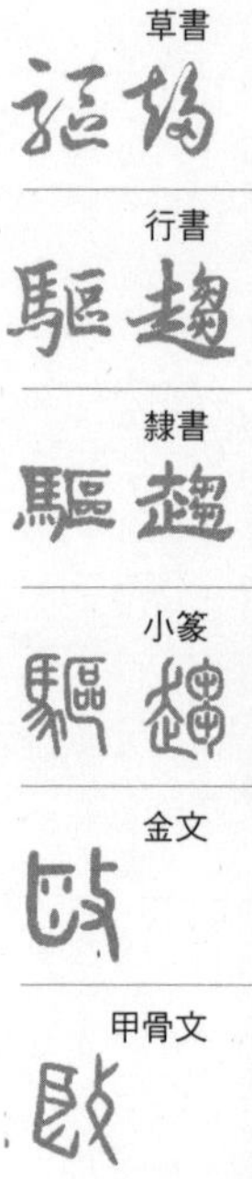

不要盲從，隨大家「~~驅~~」之若鶩

✓這樣用就對了！

近年來，3D立體電影崛起，二〇一〇年上映的《阿凡達》，可謂是指標性的成功巔峰之作。劇情雖是舊瓶裝新酒，但技術團隊苦心打造的潘朵拉星，透過3D呈現驚人效果，一時之間，觀眾對「Imax 3D」的觀影方式**趨之若鶩**。

後來，繼《阿凡達》上映的《魔鏡夢遊》和《諸神之戰》，都有不錯的票房，但《諸神之戰》因最早並非用3D設備拍攝，而是事後才從2D轉3D，效果和真正的3D有落差，而導致非議。好的票房成績，並不表示它是**先驅**者，只是證明它眼明手快，搭上3D熱潮的列車而已。

○搞清楚弄明白

「趨」、「驅」兩字雖讀音相同，但意義上其實還是有所區分。在古代，「步」是慢慢走，「趨」是快速行走，而「走」則是跑的意思，漢劉熙所作的《釋名》

說：「徐行曰步，疾行曰趨，疾趨曰走。」便清楚說明三者的區別。可見「步」、「趨」和「走」這三個字在古代是指行進的速度上具有加快、遞進的意思。

「趨」字的本義是指快步行走。成語「亦步亦趨」出於《莊子．田子方》：「夫子步亦步，夫子趨亦趨，夫子馳亦馳，夫子奔逸絕塵，而回瞠若乎後矣。」意思是：「老師慢慢地走，學生也跟著慢慢地走；老師快步行走，學生也跟著快步行走；但是當老師急速奔馳，學生卻只能在後面瞪大眼睛望著卻追趕不上。」可知這句成語，原意是指學生緊緊跟隨老師學習，現今則多用來形容一個人做事沒有自己的定見，完全跟隨他人的腳步。

「趨」字由本義又進一步延伸，發展出「朝著一定的方向前進、發展」或是「依附、歸向」的意思，如「趨勢」、「趨吉避凶」、「日趨嚴重」、「時勢所趨」和「趨之若鶩」、「趨炎附勢」等詞語。

「趨之若鶩」出自《明史．蕭如薰傳》：「如薰亦能詩，士趨之若鶩，賓座常滿。」這段話是說：「蕭如薰也能夠創作詩篇，前往依附他的人就像成群爭食的鴨子，家中常常是賓客滿座。」可知「趨之若鶩」原是形容許多人就像成群跑過去的鴨子這麼多，現今通常用來比喻人爭相前往的意思。

至於「驅」字原屬動詞，而有「驅趕」、「駕車前進」的含意，前者如「驅除」、「驅逐」，後者如「並駕齊驅」。由於「驅」字的「駕車前進」和「趨」字的「朝著一定的方向前進」，在意義上有重疊之處，使用與辨別時要格外小心謹慎。

基本上，使用到「駕車前進」的詞語，如「並駕齊驅」、「長驅直入」、「驅馳」等，是不能寫成「並駕齊趨」、「長趨直入」、「趨馳」的；而表示「快走」或「順應形勢潮流而有所動作、發展」的詞語，如「亦步亦趨」、「趨之若鶩」、「趨勢」等，也是不可寫成「亦步亦驅」、「驅之若鶩」、「驅勢」的。

部首	牛	辵
筆畫	11	15
簡體字	牵	迁
草書		
行書		
隸書		
小篆		
金文		
甲骨文		

牽 ㄑㄧㄢ qiān

遷 ㄑㄧㄢ qiān

「遷」著你的手，心不「牽」移

✓這樣用就對了！

公主與王子的夢幻婚禮，常是許多小女孩的浪漫夢想。若說到真實世界中宛如童話的「世紀婚禮」，當以一九八一年英國查爾斯王子與黛安娜的婚禮最為膾炙人口。如今，瑞典女王儲維多利亞公主與「平民王子」丹尼爾．韋斯特林即將**牽手**步入禮堂，這場婚禮也將成為繼一九八一年以來，歐洲最大的皇家盛事。

普通家庭出身的韋斯特林，婚後將被授予親王稱號，並與公主**遷居**斯德哥爾摩郊區。可是，由於這場奢華婚禮的一半費用將由納稅人支出，引起瑞典國民不滿，在網路上連署拒絕支付。公主與王子的夢幻婚禮既是大家的血汗錢堆出來的，在民意高漲的二十一世紀，老百姓為自己的權益發聲，也是理所當然。

○搞清楚弄明白

「牽」的本義指的是「牽牛」，從《說文解字》中可以得知：「牽，引而前也。」

从牛，冖象引牛之縻也，玄聲。」後來引申為拉、挽引、移動之意，例如：牽手、順手牽羊、牽引等。牽也有拘束、受制之意，如：牽制、拘牽。牽也可解釋為連帶、涉及，如：牽涉、牽連、牽掛、牽扯等。至於作強制、勉強解釋時，則有牽強一詞。

「遷」字的本義，是指向高處遷移，該字的「辵」部本身便隱含了「移動」的基本語義，《說文解字》說：「遷，登也。从辵，䙴聲。拪（音ㄑㄧㄢ），古文遷，从手西。」而後解釋為變換地方時，有遷居、遷移、遷徙等詞語；解釋為改變、轉移時，有見異思遷、事過境遷；遷也能解釋為晉升或調動，如：遷封（加封爵位）、遷官、遷於喬木等，除了升官之意，遷也可用於貶謫、降職，如：左遷、遷放、遷逐等。

「牽」、「遷」兩字讀音相同，語義上也有移動的意思，因此使用上容易混淆。例如：「牽移」、「遷移」兩字詞，看似都能解釋成搬動、轉移，然而使用「牽移」一詞時，指的是拉著並引導某物的移動方式，例如：我將腳踏車牽移到操場上；而「遷移」則有「整體性」的移動、改變之意，使用的對象則泛指店面搬遷、或是候鳥遷移等，指稱對象傾向整體性的事物。兩個語詞之間有著相當大的差別存在。

如今常用的成語「事過境遷」，意謂事情已經過去了，情況也已改變。梁啟超〈新民說〉寫道：「若其不勝，則事過境遷，終必有自悟其為無理由之一，遂自怨自艾。」至於王羲之〈蘭亭集序〉所說的「情隨事遷，感慨係之」，這兩句話的意思是：「情感隨著事情產生變化，感慨也就隨之而來了。」

於王羲之的〈蘭亭集序〉，晉穆帝永和九年（西元三五三年），王羲之邀約文人朋友，一起到會稽山陰的蘭亭，舉行一場春遊；事後他寫了一篇〈蘭亭集序〉記載此事。文章寫道：當人生得意時有如偶遇知己，可以傾吐心志；又或者充滿靈感時，可以縱情發揮在作品中。此時，誰也不會去考慮到年齡。遺憾的是，人的感情會隨環境改變，過去自以為得意的事，到了後來回首前塵，這些得意已經成為只能回味的往事了。

王羲之這段文字，是在說明文人作家創作的靈感，正是從這種感情轉變中獲得，等到作家最後來到生命盡頭，回頭再看那段歲月的心情，正是有種「事過境遷」之感。如今「事過境遷」便是形容事情過了，環境也已改變的情況。

輕 青

輕 ㄑㄧㄥ qīng　青 ㄑㄧㄥ qīng

部首：車 青
筆畫：14 8
簡體字：轻 青
草書：輕 青
行書：輕 青
隸書：輕 青
小篆：輕 青
金文：青
甲骨文

女人也能在政治舞臺上平步「~~輕~~」雲！

✓這樣用就對了！

二十世紀中期以來，女性從政漸成風潮。例如，德國和澳洲都出現第一位女總理，美國前第一夫人希拉蕊也算**平步青雲**，在歐巴馬總統上任後，被任命為國務卿。而英國早在二十世紀，就有首位女首相柴契爾夫人，她任職時間長達三屆。臺灣也在二〇〇〇年，出現首位女性副總統呂秀蓮，二〇〇八年，蔡英文更當選民進黨首位女性黨主席。

女性從政之路並不**輕鬆**，像緬甸的翁山蘇姬，她帶領的政黨雖在一九九〇年的大選中贏得優勢，但軍方拒絕交出政權，並將翁山蘇姬軟禁家中至今，使她遲遲無法就任緬甸總理。但無可否認的是，近年來，女性在政治舞臺的表現，的確可圈可點。

◎搞清楚弄明白

《說文解字》指出，「青」的字形結構，上「生」下「丹」，原本的意思是「藍色」。

至於「輕」，《說文解字》說：「輕，輕車也。」「輕車」，顧名思義就是一種簡便的車子，或是指一種古代的戰車。段玉裁的注釋指出，「輕」原本的意思是車名，所以以車為部首，後來引申為輕重之「輕」。

這二字在字形上不會混淆，但卻容易誤用，比如：平步「輕」雲、年「青」、「輕」年。會有這種誤用的情形，是因為青、輕二字其中一種引申義相近的緣故。

「青」，本義是藍色。此外，也可以指深綠色，如青家、青銅；或指黑色，如李白〈將進酒〉：「朝如青絲暮成雪」，此青絲即黑髮。再由此引申出「茂盛的樣子」，比如青蕪是指茂盛的青草；或者用來「比喻年少」，例如青春、青娥（少女）。

「輕」，是一種車的名稱，但是，由於這是使用於戰場上的便捷戰車，因此引申出「分量小、數量少」的意思，比如「年輕」指的是歲數不大。又由此引申出「不重要的」，如人微言輕；或是「輕便、輕快」的意思，如李白〈早發白帝城〉：「輕舟已過萬重山」；又或者是「隨便、不莊重」的意思，如輕浮、輕佻。

也就是說，青有「年少的」意思，輕有「分量小、數量少」的意思。這就是很多人會將「平步青雲」寫成「平步輕雲」，「年輕」寫成「年青」的原因。

「平步」是指像平常一樣地行走，比喻路途平坦順利。此詞出自白居易〈潯陽歲晚寄元八郎中庾三十二員外〉，他因遭貶為江州司馬，心有悶氣，而感嘆好友一個個「平步取公卿」（仕途順利）。

而「青雲」則指天上的雲，比喻地位很高，此詞見於《史記．范睢蔡澤列傳》。范睢被魏國須賈懷疑私通齊國，於是逃到秦國，並成為丞相。後來須賈出使秦國，驚見秦相是范睢，就馬上謝罪說：「賈不意君能自致於青雲之上（我須賈不知道您竟然可以出任這麼高的官職）。」此後，「平步青雲」便用來比喻順利升至顯要地位。

僭 ㄐㄧㄢˋ jiàn　潛 ㄑㄧㄢˊ qián

部首	人	水
筆畫	14	15
簡體字	僭	潜

草書

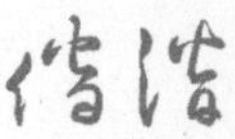

行書

隸書

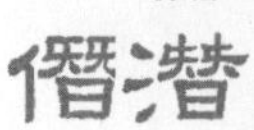

小篆

金文

甲骨文

「~~潛~~越」了應有的分寸

✓這樣用就對了！

談到現代流行語的發源地，當屬網路與BBS（電子布告欄系統）了。年輕族群在這些界面聚集，創造出琳瑯滿目的「火星文」。比如「好人」不是指善良的人，而是告白被拒絕的男性；「囧」本是明亮的樣子，但現在卻因其形似人臉，在網路上多用來表示「尷尬」的狀態。

這種現象在學術上稱為「語言**僭越**」，指一些流行用語脫離其本義，產生新的解讀和用法。像「機車」本是名詞，指的就是「摩托車」這種交通工具，卻因諧音之故，轉化成與本義八竿子打不著的「問題或意見很多」。這些莫名其妙的用法，常令「大人們」頭昏腦脹，也讓書商看準這部分的客層**潛力**，編纂火星文相關書籍，造福家長，也造福自己的荷包。

◯搞清楚弄明白

「潛」字是指「全身沒入水中」之意，如：「潛水」。後來又由「沒入水中」，引申為「潛伏」、「潛藏」，《說文解字》說：「潛，涉水也。一曰：藏也。从水，朁（ㄘㄢˇ）聲。」清代段玉裁在「涉水也」三字之下，引用《水經注．江水》說：「若《水經注．江水篇》云：『有潛客泳而視之，見水下有兩石牛。』此則謂潛全沒水中矣。」

「僭」字有「超過」之意，《說文解字》說：「僭，儗（音ㄋㄧˇ）也。从人，朁聲。」「儗」字是「僭越、超過」的意思。《新唐書．車服志》：「唐初受命，車、服皆因隋舊。武德四年，始著車輿、衣服之令，上得兼下，下不得儗上。」意思是唐代初年，官員百姓用車、穿衣等律令全承襲隋代舊制，到了唐高祖武德四年，才制定一套規定，在上位者可使用在下位者的禮制，在下位者則不得越過級別，使用上位者的禮制。

根據上述資料，可知「潛」及「僭」同為形聲字，分別以「水」與「人」為形符。「潛」字與「水」相關，而「僭」字必與「人」有關。那麼，用來形容「踰越其本有之地位」，究竟該用「潛越」？還是「僭越」？從這兩字的本義來看，「潛」有「潛水」、「潛藏」之意，而「僭」是「越過」、「踰越」。因此，「僭越」才是正確的用法。

《春秋左傳正義．哀公十三年》：「公會晉侯及吳子于黃池。」文中的「吳子」指的就是吳王夫差。為什麼《春秋》稱「吳王」為「吳子」呢？晉人杜預解釋：「夫差欲霸中國，尊天子，自去其僭號而稱子，以告令諸侯，故史承而書之。」意思是：夫差想藉由「尊天子」而稱霸中國，如果自己稱王，諸侯必定不服，因而去掉僭號，稱自己的爵位為吳子，並且告令諸侯，所以史冊中記載為「吳子」。

春秋戰國時代，凡是諸侯僭越本有之地位而改稱王者，或者後世臣子稱帝者，皆以「僭號」稱之。

息 ㄒㄧˊ xí　習 ㄒㄧˊ xí

	息	習
部首	心	羽
筆畫	10	11
簡體字	息	习
草書	息	習
行書	息	習
隸書	息	習
小篆	息	習
金文	息	
甲骨文		習

這兩者「~~習~~習」相關，缺一不可？

✓這樣用就對了！

手機電磁波問題一直是使用者的隱憂。若把手機緊貼耳邊講話，長期下來電磁波可能會傷害身體，甚至產生病變。不過，你知道同樣與日常生活**息息相關**的吹風機，它的電磁波約是手機的二十倍，差不多等於一臺微波爐的電磁波嗎？

然而，吹風機是每個家庭習慣的居家用品，天天都會使用。臺灣有一家廠商研發出「陶瓷吹風機」，不僅電磁波含量遠低於國際標準，其獨特的外型與陶瓷的結構，更脫穎而出，代表臺灣參加二〇一〇年的上海市世界博覽會，新添一道「臺灣之光」。當創意結合實用價值，運用一點巧思，便能讓自己的生活更加安全有保障！

○搞清楚弄明白

「息」指呼吸這個動作，例如「休息」；引申後也可以當名詞用，指氣息。

例如「窒息」、「一息尚存」，《說文解字》說：「息，喘也。从心从自，自亦聲。」又因為可以透過不能呼吸來表達忙碌之意，所以「息」字也可以引申為「停止」，如《孟子．梁惠王下》：「飢者弗食，勞者弗息。」因此，「止息」、「息怒」、「川流不息」的「息」都有「停止」的意思。

又因呼吸是動物最重要的生命現象，所以「息」也引申為「生長」、「繁衍」，如《戰國策．齊策四》：「振困窮，補不足，是助王息其民者也。」至於「利息」的「息」也是由此引申而來。

「習」本義就是多次練習飛行，引申為「學習」、「練習」，《說文解字》說：「習，數飛也。从羽从白。凡習之屬皆从習。」《禮記．月令》：「鷹乃學習。」《論語．學而》：「子曰：『學而時習之，不亦說乎？』」也由於「習」有多次學習的意義，因此又引申有「習慣」、「熟練」的意思，如《管子．正世》：「明於治亂之道，習於人事之終始者也。」這就是「習以為常」的用法了。現在則有「講習」、「習作」等常用詞，都是與練習的意義相關。

可見「息息相關」，是著眼於「氣息」的相關與親密度，而不是「訓練」或「學習」，故千萬不要寫成「習習」相關。明朝徐愛、錢德洪曾經將他們的老師王守仁（王陽明）的講學語錄編纂成《傳習錄》一書，是希望後代學子可以了解他們師生傳道與習道的經過。

此書與《論語》都是語錄體，但是他們不敢跟孔門弟子相提並論，所以不敢稱為《論語》，於是取了一個新名叫《傳習錄》，表現出賢者謙遜的美德。當然，我們不該混淆成《傳「息」錄》，因為這部講學語錄跟呼氣應該沒什麼關係吧！

遐 ㄒㄧㄚˊ xiá　暇 ㄒㄧㄚˊ xiá

部首	日	辵	玉
筆畫	13	13	13
簡體字	暇	遐	瑕
草書	暇	遐	瑕
行書	暇	遐	瑕
隸書	暇	遐	瑕
小篆	暇	遐	瑕
金文			
甲骨文			

這件作品真是引人「暇」思

這樣用就對了！

許多**名聞遐邇**的偉大建築真正問世之前，都經過創意和現實無法兩全的矛盾與衝突。最有名的例子是西班牙的聖家堂，一八八二年興建至今還沒完工，除了設計此建築的大師高第早已過世，另一方面，這棟建築主要靠捐款，捐款多寡也影響其進度。

澳洲雪梨歌劇院從設計圖完成到一九七三年完工，也耗時十四年，複雜的設計及超高的工程費，曾讓建築設計師烏榮（Jorn Utzon）與澳洲政府因此反目。

儘管如此，建築師們還是繼續挑戰極致、**無暇**休息，用一棟棟偉大的建築反映時代、留住歷史。

瑕

ㄒㄧㄚˊ

xiá

◎搞清楚弄明白

「暇」字的本義是「空閒」，許慎《說文解字》說：「暇，閒也。从日，叚聲。」常用的詞語，如：空暇、閒暇、好整以暇、應接不暇等。

「遐」字的本義是指「遠方」，《爾雅．釋詁上》的解釋是：「遐，遠也。」後來又引申有「遙遠的」或「長久的」意思，前者如：名聞遐邇，後者如：天賜遐齡。「天賜遐齡」一語現今多作為對男性長輩祝壽時的賀詞，意為上天賜予綿長的壽命。

至於「瑕」本義是指「微呈赤色的玉」，《說文解字》說：「瑕，玉小赤也。从王（玉），叚聲。」後來「瑕」由本義又延伸發展指「玉上的斑點」，如：白璧無瑕。接著又由「玉上的斑點」引申指言行上的「過錯、過失」，或事物的「缺點」、「汙點」，如：瑕疵。

「暇」、「遐」跟「瑕」三字，讀音相同、字形相近，書寫時容易混淆，要特別小心留意。基本上，分辨時只要掌握這三個字的部首特性，就能夠避免誤用的情形。例如：「暇」是「日」部，所以與時間有關，意指空閒的時間；「遐」是「辵」部，字義跟步伐、行走有關，通常指空間、距離遙遠；而「瑕」是「玉」部，所以字義與玉質有關，通常表示玉上的斑點。

經過以上的解說，如果都已經清楚了解，那麼接下來，就要請讀者舉一反三了，「目不『ㄒㄧㄚˊ』給」、「引人『ㄒㄧㄚˊ』思」以及「『ㄒㄧㄚˊ』不掩瑜」這三個成語中的國字分別為何呢？

首先，「目不『ㄒㄧㄚˊ』給」是指眼前出現太多事物，讓人沒有多餘的時間仔細觀看，所以引號當中的國字應該是與時間有關的「暇」字。「引人『ㄒㄧㄚˊ』思」意思是說令人產生超越現實、無盡的想像，所以當中的國字應該使用與空間、距離有關的「遐」字。

至於「『ㄒㄧㄚˊ』不掩瑜」，「瑜」乃是一種美玉，所以當中的國字應該出現與玉相關的「瑕」字，整句成語原意是表示玉上的小斑點並不會減損整塊美玉的價值，後來則比喻人事物的小缺點、小毛病，並無損於整體的完好。你答對了嗎？

諧 ㄒㄧㄝˊ xié　偕 ㄒㄧㄝˊ xié

部首
言　人

筆畫
16　11

簡體字
谐　偕

草書
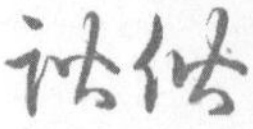

行書

隸書

小篆

金文

甲骨文

白頭「~~諧~~」老，永浴愛河

✓這樣用就對了！

如果有一種婚紗照，除了年輕漂亮的樣子，也有兩人年老的模樣，你會想嘗試嗎？市面上就有業者推出「老妝婚紗照」，以特殊化妝技術，畫出小夫妻老了以後的長相，鼓勵新人努力實踐**白頭偕老**的承諾。

在離婚率居高不下的現代社會，結婚初期琴瑟和鳴，一旦不合便草率分手。業者這個做法，讓新人學習在熱戀時就接受幾十年後，另一半老邁的感覺，也更重視「婚姻是一輩子的事」。只是，不知有沒有人因為「預先」看到另一半的老態，臨時打退堂鼓，不想結婚了！

◯搞清楚弄明白

「偕」字本義為「強壯」的意思，《說文解字》說：「偕，彊也。从人，皆聲。一曰：俱也。《詩》曰：『偕偕士子』。」段玉裁的注解則說：「《小雅・北山》：『偕偕士子』。傳曰：『偕偕，強壯皃（音ㄇㄠˋ）。』」

至於「諧」字則為「融洽、和合、協調」之意，《說文解字》說：「諧，詥（音ㄏㄜˊ）也。从言皆聲。」而「詥」這個字，《說文解字》說：「詥，諧也。」段玉裁的注解又補充：「詥之言合也。」

「偕」除了指「強壯」，還引申有副詞的用法，是「共同、一起」的意思，《說文解字》中有：「偕，一曰：俱也。」這類詞有：「偕老」、「偕行」、「偕隱」等。「偕」、「諧」兩字讀音相同，也因此造成使用上的混淆，「白頭偕老」不作「諧」，因「諧」有調和之意，而「諧和」、「諧暢」等，不可寫成「偕」。

「白頭偕老」是由「白頭」及「偕老」二語組合而成。「白頭」出自樂府古辭〈白頭吟〉，內容說夫妻二人原本相愛，後來丈夫變心，妻子因而寫了這首詩，與丈夫斷絕關係。詩中有「願得一心人，白頭不相離」兩句，意思是：希望能嫁一個情意專一的男子，兩人能白頭到老，永不分離。

「偕老」則是出自《詩經．邶（音ㄅㄟˋ）風．擊鼓》，詩歌內容描寫一個為了保衛國土而久役在外，不得歸家的士兵，因思念妻子，而心懷感傷。詩中有下列詩句：「死生契闊，與子成說。執子之手，與子偕老。」這位士兵一直盼望能與妻子死生永不分離，並對妻子的誓言銘記在心，同時想念自己曾緊緊握著妻子的手，期望和妻子相伴到老。

後來這兩個詞，被合用成「白頭偕老」，用來形容夫妻恩愛到老。現今這個成語常用作新婚的賀詞，也常寫作「白頭到老」。

需 須

ㄒㄩ xū　ㄒㄩ xū

部首：雨　頁

筆畫：14　12

簡體字：需　须

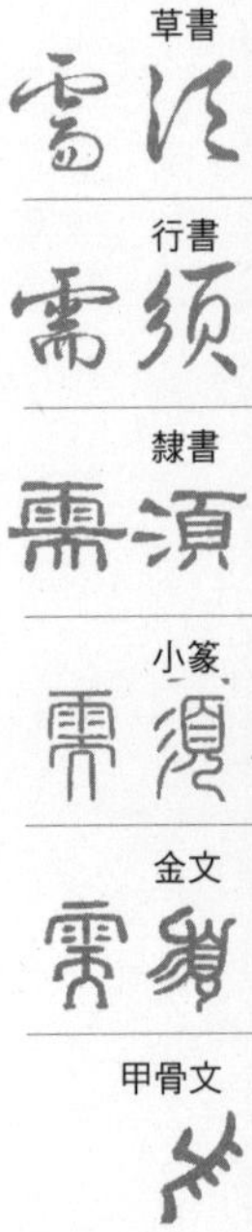

你「必需」待在家裡休息

✓這樣用就對了！

人類自古以來便離不開水與食物，不過在大人、小孩都**必須**倚賴網路辦公、寫報告甚至交友聊天、打電玩的現代，網路是不是也該歸類為民生**必需品**呢？芬蘭政府將於二〇一〇年實施一條新法案，將寬頻網路立法為全體國民的法定權利，不僅是在法律上承認網路於現代生活中的地位，也保障了偏遠地區的民眾，享有平等的上網權。

雖然各國政府都在推動寬頻網路建設，但芬蘭是第一個從政策推廣提升至立法層面的國家。此舉將對芬蘭社會造成什麼影響？其他國家到底該不該跟進？都是值得深思的問題。

◯搞清楚弄明白

「須」字的本義是指人的「鬍鬚」，許慎《說文解字》說：「須，頤（音ㄧˊ）

下毛也。」只是這個用法後來被「鬚」字取代。另外，「須」也有表達「短時間、一會兒」的意思，如：「須臾」；也表示「等待」之意，如：「磨礪以須」。但在國語裡，「須」字最常使用的，是當作助動詞，表達「應該、應當」的意思，如：「必須」、「須要」等。

「需」的本義則是「等待」，另外還有「索取、求取」的意思，例如：「需求」、「需索」。

「須」與「需」兩字很容易被混用。特別是「必須」與「必需」、「須要」與「需要」兩對詞語。一般說來，它們之間的區別大致如下：

（一）「需要」一般當動詞使用，表達「要求、渴求」的意思，所以後面可以帶上名詞當賓語。例如：「他需要一筆錢」或「我需要一個袋子，用來裝這些書」。

（二）「必需」表達「不可或缺」的意思。例如：「這是民生之所必需」或「民生必需品」。而在這裡，「需」仍然是當動詞來用。

（三）「必須」與「須要」一般當助動詞，表達「一定要、應該要」的意思，但後面不能帶上名詞來當賓語。例如：「你必須待在家裡休息」或「讀書須要專心」。

（四）由於「必須」與「須要」屬助動詞用法，所以不能單獨作謂語用。換句話說，「必須」與「須要」的後面一定要接上動詞。例如我們可以說：「這些東西我都不需要」，但是不能說：「這些東西我都不必須」或「這些東西我都不須要」。

所以說，「送君千里，終須一別」的「須」不能寫成「需」，因為它表達的意思是就算送別送得再遠，終究還是「必須」分離的意思。

另外，關於「需」字，有個謎語為「需要一半，留下一半」，請猜一個字，不知你猜出來了嗎？

……………………………………

謎底：雷。

饗 ㄒㄧㄤˇ xiǎng

響 ㄒㄧㄤˇ xiǎng

	饗	響
部首	食	音
筆畫	21	21
簡體字	飨	响

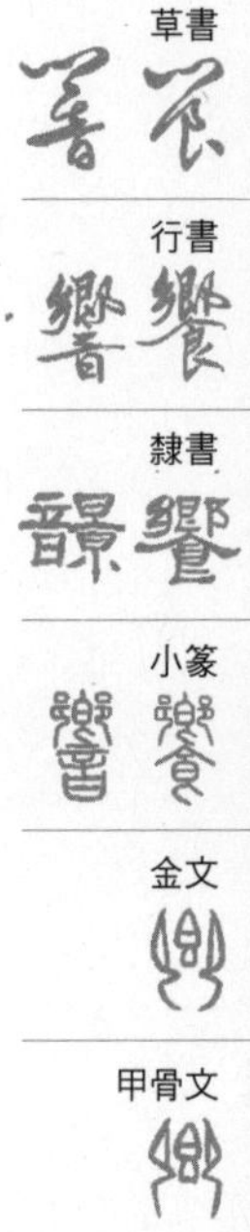

好好享受這豐富的「~~響~~」宴

✓這樣用就對了！

德國慕尼黑舉世聞名的「啤酒節」，是啤酒愛好者不可錯過的狂歡**饗宴**。這個在每年九月至十月舉辦的啤酒大會，起源於一八〇一年，由於皇室婚禮恰逢十月秋收季節，民眾將兩者合併慶祝，後來便衍生為今日的「啤酒節」。

啤酒節每年有數百萬人從全球聚集，為德國賺取大筆觀光財。不過，慕尼黑所在的德國南部巴伐利亞州，於二〇一〇年全民公投通過公共場所全面禁菸的措施，不止引起吸菸團體的抗議，也可能降低啤酒節的吸引力。為了在觀光利益與人民權益間取得平衡，當局以二〇一〇年正好是第兩百屆啤酒節，將特准暫緩實施新法規，以免**影響**啤酒節氣氛。至於公共場所禁菸的事，就等過了啤酒節再說！

◯搞清楚弄明白

「響」字就是聲音的意思，鄉字在「響」中當作聲符；从音，代表著字意和聲音相關，《說文解字》對「響」字如此解釋：「響，聲也。从音，鄉聲。」《玉篇》對響的解釋則是：「響，應聲也。」

「饗」字本義是同個鄉村的居民，一起飲酒享樂，《說文解字》說：「饗，鄉人飲酒也。从鄉从食，鄉亦聲。」從字形上也可以了解「饗」字的意思，从食，所以一定和食物相關，而「鄉」不但是聲符，也有字形上的意義。「鄉」字指鄉人，這是暗示食物一定不是單獨品嘗，而是與人共享。《玉篇》說：「饗，設盛禮以飯賓也。」從《玉篇》的解釋，更可以明白饗字不但是共享，更是以盛宴來款待客人。

「饗」、「響」兩字讀音相同，僅有部首差異，在這種情況下，錯別字的狀況就很容易發生。不過，如果能了解這兩個字的本義，就可以避免用錯的情形。「響」，很單純的和聲音相關，需要用耳朵去感受；「饗」，則是和食物相關，是要用嘴巴去品嘗。

下次在書寫文字前，試著先想看看：今天要寫的「ㄒㄧㄤˇ」字，是用耳朵還是嘴巴呢？如果是要表達用耳朵才聽得到的聲響，那麼就是音字旁的「響」。反之，如果今天要寫的「ㄒㄧㄤˇ」是跟嘴巴相關的饗宴，不用懷疑，就是食字旁的「饗」了。

「饗宴」一詞，在現代的使用中，已不再侷限於飲食相關的範疇。例如在音樂會或者是戲劇上，也常看見「音樂饗宴」、「戲劇饗宴」等詞語。人類因為生理的飢餓，所以尋求食物果腹，進而發展出「饗宴」的詞語；相對地，因文明發展，人們也在精神方面有所追求，尋求繪畫、音樂、戲劇等文化藝術的薰陶，以得到心靈滿足。慢慢地，「饗宴」也引申至精神方面，而形成「音樂饗宴」、「戲劇饗宴」等詞彙，溝通了觸覺、聽覺、視覺，造成通感的效果。

熾 ㄔˋ chì 炙 ㄓˋ zhì

	熾	炙
部首	火	火
筆畫	16	8
簡體字	炽	炙
草書	熾	炙
行書	熾	炙
隸書	熾	炙
小篆	熾	炙
金文		
甲骨文		

才華洋溢，「~~熾~~」手可熱

✓這樣用就對了！

雖然「媒人」這一行在現代早已式微，但具有相同功能的「婚友社」依舊**炙手可熱**，不僅是不少職業男女尋求另一半的途徑，同行間也競爭**熾烈**。一家英國婚友社另闢蹊徑，專做有錢人生意，以客製化服務博得好評，也創造出商機。

這些頂級客戶多是事業有成的主管級人物，但狹小的生活圈，讓他們難以找到合適的對象，網路交友又有安全顧慮。這家婚友社的服務，便發揮去蕪存菁之效，確保他們的客戶只會遇到身價相當的可靠對象。高達一萬英磅的年費，也具有一定程度的篩選作用。然而，金錢究竟能不能幫人找到真愛？至少這些上門的客人是如此希望。

○搞清楚弄明白

「炙」字的本義為「燒烤」的意思，《說文解字》說：「炙，炙肉也。从肉在火上。」

至於「熾」字本義為「火勢猛烈」，《說文解字》的解釋是：「熾，盛也。从火，戠聲。」如「熾盛」、「熾焰」。由此進一步引申出昌盛、強盛之意，如《後漢書．黨錮傳序》：「自是正直廢放，邪枉熾結。」這句話是說：「從此以後，正直的人不受重視，而小人則因互相勾結而勢力強盛。」

「炙」和「熾」兩個字，字意上都與火有關，因此書寫的時候，往往會混用，例如：「炙手可熱」有時會誤寫為「熾手可熱」。實際上，「炙手」係火焰灼手，而譬喻為權勢極盛，所以不可寫成「熾手」。相反的，「熾烈」、「熾熱」等詞，應以火勢猛烈的本義為據而解釋為火光強烈，所以不可寫成「炙烈」、「炙熱」。

「炙手可熱」既可比喻大權在握，氣勢如日中天。所以在杜甫的〈麗人行〉詩中，以三月三日麗人春日出遊踏青的情景，生動地描述楊貴妃姐妹恃寵而驕，極其奢侈，與丞相楊國忠專權妄為等情形。

全詩共分三段，首段鋪寫遊春貴婦佳人，她們的儀容風韻，引人注目。次段將楊貴妃姐妹奢侈無比的盛宴，聲威奪人的排場，以及煊（音ㄒㄩㄢ）赫已極的氣焰，寫得淋漓盡致。第三段則專寫楊國忠的驕橫，趾高氣揚，權大氣盛。全詩的最後兩句為：「炙手可熱勢絕倫，慎莫近前丞相嗔（音ㄔㄣ）。」這兩句詩是說：「丞相氣焰灼人，權勢之大，無與倫比，千萬不要近前，否則惹其嗔怒，那還了得！」

後來「炙手可熱」被用來比喻廣受歡迎，名聲極盛。同時也常被寫作「炙手而熱」、「熱可炙手」與「勢可炙手」。

遂 ㄙㄨㄟˋ suì　逐 ㄓㄨˊ zhú

	遂	逐
部首	辵	辵
筆畫	13	11
簡體字	遂	逐
草書	遂	逐
行書	遂	逐
隸書	遂	逐
小篆	遂	逐
金文	遂	逐
甲骨文		逐

追「~~遂~~」風，追「~~遂~~」太陽

✓這樣用就對了！

美國中西部經常受到龍捲風肆虐，威力之大，甚至能輕易摧毀城鎮，對民眾安全造成威脅。一般人對龍捲風避之唯恐不及，但它卻是希爾夫妻（Roger Hill和Caryn Hill）的最愛。

現年五十出頭的希爾夫婦，職業是「龍捲風導遊」，夫婦倆也被人們稱為「暴風**追逐者**」，過去十年中，已帶領過一千五百名遊客近距離觀賞狂暴壯觀的龍捲風。雖然他們總是距離龍捲風數百米，但如果恰好位於龍捲風的行經路徑，或被暴風捲起的物體殘骸打到，都足以致命。然而，就像颱風來時，有人會跑到海邊觀大浪一樣，觀看龍捲風，可能也是很多人的願望，因此卡爾夫婦也樂得幫忙那些和他們一樣愛冒險的人**一遂心願**。

○搞清楚弄明白

若依照甲骨文的字形來看，「逐」是取象於「人在走獸之後加以追趕」的樣子，所以字形上半部出現的動物可以是豬、兔、鹿等。根據許慎《說文解字》的記載：「逐，追也。从辵，从豚省。」甲骨文的「逐」字，是「从止」加上「从豕」、「从兔」或「从鹿」，並非許慎所謂的「从豚省」。至於金文的「逐」字，則加上了「彳」（音 彳ˋ，表示行道路）的偏旁，而追趕的獵物也以「豕」為代表並定型，後來發展至小篆時，「逐」字便演變為「从辵、从豕」了。

「逐」字的本義是指「追趕」，又引申有「追求」、「競爭」和「驅離、驅趕」的意思，前者如：捨本逐末、逐鹿中原；後者如：放逐、驅逐等詞語。此外，「逐」還有「跟隨、隨著」和「按照順序」之意，前者有：隨波逐流，後者則有：逐一、逐字、逐步等。

至於「遂」字，今日的用法有三種：其一是指「稱心、滿意」，如：順遂、遂心如意。其二有「成就、達成」的意思，如：未遂、遂其所願。其三是在古文中當作副詞使用，表示「於是」或「竟然」，例如：李斯〈諫逐客書〉：「而繆（穆）公用之，并國二十，遂霸西戎。」當中的「遂」就是「於是」的意思。又如：陶淵明〈桃花源記〉：「太守即遣人隨其往，尋向所誌，遂迷不復得路。」當中的「遂」則相當於「竟然、終究」。

「逐」與「遂」字形相近，部首也相同，書寫時要小心。其中「逐」是會意字，意思是從追趕野豬而得其本義，而「遂」則是形聲字。雖然只差些許筆畫，但是字形結構和意義表現卻截然不同。

今日我們常用「夸父逐日」比喻人不自量力，出於《山海經・海經・海外北經》，講夸父追趕太陽，雖一直追到太陽落下的地方，卻因水不夠喝，口渴而死。

至於成語「毛遂自薦」是指自我推薦、自告奮勇的意思，出自《史記・平原君列傳》，敘述秦國圍攻邯鄲，趙國派平原君出使楚國，請求與楚國合縱聯盟。平原君希望從門下選出文武兼備的食客二十人一同前往，卻只得到十九位。此時，一名叫毛遂的人自告奮勇，請求平原君讓他去。最終，毛遂出乎眾人意料，成功幫助平原君達成任務，而成為平原君門下的上客。

拙 ㄓㄨㄛˊ zhuó　茁 ㄓㄨㄛˊ zhuó

	拙	茁
部首	手	艸
筆畫	8	9
簡體字	拙	茁
草書	拙	茁
行書	拙	茁
隸書	拙	茁
小篆	拙	茁
金文		
甲骨文		

夢想因「~~拙~~壯」而美麗

✓這樣用就對了！

時下許多知名網路寫手，才二、三十歲，卻已能靠出書為生，彷彿印證張愛玲「出名要趁早」的名言。可是，若「出名」代表夢想的開花結果，那麼對夢想的追尋，一定得「趁早」嗎？

二〇一〇年六月，應「臺北電影節」之邀訪臺的巴西女導演蘇珊娜．阿瑪拉，五十三歲才開始拍片，至今只拍過三部電影，卻是巴西影壇不可抹滅的光環。前兩部作品，她以**樸拙**樂天的鄉下少女，巧妙隱喻過去的巴西，手法出神入化。足見不論年齡大小、時間早晚，全心投入所愛，才是夢想能否**茁壯**的關鍵。

○搞清楚弄明白

「茁」字其本義為小草剛從地上發出嫩芽的樣子，屬於六書中的會意字，《說文解字》說：「茁，艸初生地皃。从艸出。」而「茁壯」一詞，顯然就是取

「茁」字本義中「成長、生長」的意思。

至於「拙」字本義就是不靈巧、不靈活的意思，《說文解字》說：「拙，不巧也。从手，出聲。」段玉裁注：「不能為技巧也。」例如「笨拙」，從而又引申有粗略、淺陋的意思，如「拙劣」。其後又依此義引申為自謙之詞，如稱自己的作品為「拙作」、稱自己的文章為「拙文」等。

「茁」與「拙」兩字在字義上並無可供聯想之處，但字形及字音卻頗為相似，因此容易出現誤用。事實上，漢字中「字形」與「字義」並不是各自獨立存在的，而是有緊密的相關性，我們可以依此特性，釐清一些使用上混淆的情況。「茁」是會意字，其字形偏旁本就具有很適當的想像特性，分解其偏旁：「艸」加「出」，生動地傳達了「草冒出頭」的概念，很容易就可與「茁」字本義「小草剛從地上發出嫩芽的樣子」聯想在一起。

「拙」字本義為「不靈巧、不靈活」，即便先將表現聲音「出」這一個聲符略去不[1]論，「手」這一形體偏旁，就有相當大的聯想空間。「手」是人體眾多器官中表現力最為豐富的，要表現「不靈巧」的一面，從「手」部的動作看來是最顯著，因此「拙」字從「手」相當恰當。藉由這種推想，很容易就能把這兩個字的本義釐清，以有效避免產生誤用情形。

關於「拙」字，古時候有一句很有趣的俗語叫「巧妻常伴拙夫眠」，其意指：能幹的女子總是嫁給笨拙的丈夫，與現代「一朵鮮花插在牛糞上」、「美女與野獸」等形容相通，總之就是比喻夫妻不相配。

這句話，最常出現在民間的戲曲以及小說中，特別是反映市井人情的世情小說，如《水滸傳》、《續金瓶梅》等作品中，都可以看到這句俗語，生動地反映出「吃不到葡萄說葡萄酸」這種善妒的庶民心態。有趣的是，從古代到現代，這種心態似乎永遠存在，不會消失。

1 事實上，形聲字中的「聲符」與字義也有著一定的關係。清代小學大家段玉裁就曾說「凡从某聲必有某義」，由此可見聲符與字義亦存在著相當程度的關係。

墮 ㄉㄨㄛˋ duò　墜 ㄓㄨㄟˋ zhuì

	墮	墜
部首	土	土
筆畫	15	15
簡體字	堕	坠

草書

行書

隸書

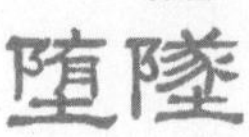

小篆

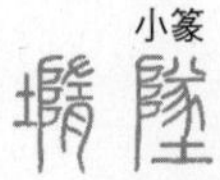

金文

甲骨文

他「墜」落街頭，成為邊緣人

這樣用就對了！

失足墜入歧途、遭警方逮捕入獄的人，面對漫長的牢獄生活，能夠做什麼呢？美國一位青少年毒販雷德克，入獄前沒讀過一本書，但在監牢裡近二十年，他反思自己過去**墮落**街頭的經歷，寫成小說，竟在書市上受到好評。出獄後的雷德克驚訝地發現，即使他曾有販毒紀錄，人們還當他是個作家。

與文字的相遇，令雷德克改頭換面、浪子回頭。如今他正致力於修改獄中完成的作品、新寫的小說與電影劇本。

搞清楚弄明白

「墜」與「隊」古時是通用的，是指從高處落下。許慎在《說文解字》中解釋「墜」字時說：「隊（ㄓㄨㄟˋ），從高隊（ㄓㄨㄟˋ）也。」段玉裁注解：「隊、墜正俗字，古書多作隊，今則墜行而隊廢矣。」所謂「正俗字」是「正字」與「俗字」

的並稱，兩者差別在於前者是官方所認可的文字；後者則為流行於民間的文字，比較大眾化。只是後來我們不用「隊」字而改用「墜」字，《爾雅．釋詁》說：「隊，落也。」是從高處落下之意。

至於「墮」字，現今意思是由上而落下。《說文解字》說：「陊（ㄉㄨㄛˋ），落也。」段玉裁注解：「凡自上而下皆曰落。」另外，他又說：「按今字段（ㄐㄧㄚˇ）墮為陊。」他指出，「墮」是「陊」的假借字。

綜合上述來看，「墜」與「墮」若當動詞使用，意思同樣都是指「某物由高處落下」，所以兩者可以互用，如：從馬上跌下來，可以說「墜馬」或「墮馬」；東西掉在地上，可以說「墜地」或「墮地」；從樓上掉下來，可以說「墜樓」或「墮樓」；形容嬰兒出生時可以說「呱（ㄨㄚ）呱墜地」或「呱呱墮地」等。

另外，「墜」這個字若當名詞使用時，它的意思可指垂懸的飾品，如：耳墜、扇墜等。

而「墮」字若當形容詞使用時，則有懶散、懈怠之意，與「惰」字相通，如：成語「自甘墮落」便指自暴自棄，不求上進。

「天花亂墜」這句成語出自《心地觀經．序品》：「六欲諸天來供養，天華（通『花』字）亂墜遍虛空。」這故事是說在魏晉南北朝時，由於南朝梁武帝蕭衍篤信佛教，不僅帶頭求神拜佛，在全國大建寺廟，也曾經三次在同泰寺出家。此外，他還聘請古印度僧人波羅末到中國講經，波羅末翻譯了不少印度佛經，並培養了許多中國弟子。

有了經書後，使得講經風氣更加興盛，為了宣揚佛教，信徒還編了許許多多講經的傳說。其中一則是：梁武帝請雲光法師宣講佛法，講《涅盤經》時，由於梁武帝從早到晚認真聽講，沒有絲毫倦意，正當雲光法師說得繪聲繪色時，此刻竟感動了上天，天上紛紛落下了各色香花，梁武帝自此更加信佛，後來乾脆出家。之後這句成語用來形容說話言詞巧妙，有聲有色，非常動聽。現今多指誇大而不切實際的話。

綴 輟

ㄓㄨㄟˋ zhuì　　ㄔㄨㄛˋ chuò

部首	口	手	糸	車
筆畫	11	11	14	15
簡體字	啜	掇	缀	辍

草書
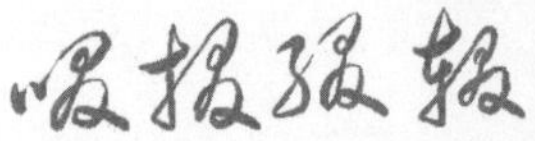

行書
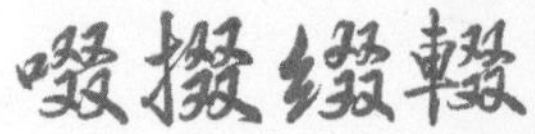

隸書
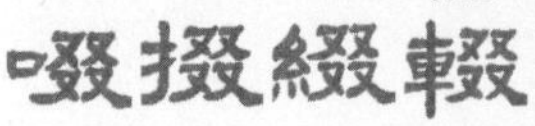

小篆

金文

甲骨文

當年他「~~綴~~學」創業，如今成為科技大亨

這樣用就對了！

以下是真實發生在蘋果電腦第三位創辦人朗韋恩（Ron Wayne）身上的故事。

三十四年前，剛從大學**輟學**、年僅二十一歲的賈伯斯（Steve Jobs現為蘋果電腦執行長）和朋友沃茲尼亞克（Steve Wozniak），找上韋恩合資創辦蘋果公司，但成立十一天後，韋恩就擔心公司債務問題會牽扯上他，決定退股，拿走百分之十的股款，共八百美元，換算如今蘋果電腦的市值，約合新臺幣七千七百億元。

這個決定使得如今七十六歲的韋恩無緣成為千億富翁，還得靠救濟金度日。沒人知道他是否因此暗夜**啜泣**，但媒體**掇拾**新聞，韋恩的失意落拓，竟成「蘋果iphone4熱賣」新聞的**點綴**，讓人為他感到不勝唏噓！

掇

ㄉㄨㄛˊ

duó

啜

ㄔㄨㄛˋ

chuò

搞清楚弄明白

「輟」字本義是車隊前進中的行列稍微間斷，《說文解字》說：「輟，車小缺復合者。」另外，在《廣韻》等韻書中指出：此字有停止、暫停的意思。《禮記．曲禮下》說：「輟朝而顧，不有異事，必有異慮。」意思是：朝廷發生重要的事件而停止朝會，以示哀思或紀念等稱為「輟朝」。至於「輟斤」，則是停止揮斧，而停止農作則稱為「輟耕」。學生停止學業則稱「輟學」。

至於「綴」字，有連接、縫合衣服的意思，段玉裁《說文解字注》說：「聯之以絲也。」如《禮記．內則》說：「衣裳綻裂，紉箴請補綴。」「綴」這個字又有連結其他物品以裝飾、點綴之意，如曹植〈七啟〉：「飾以文犀，雕以翠綠，綴以驪龍之珠，錯以荊山之玉。」句中的「綴」字有點綴、裝飾的意思。

「掇」的本義是用手來拾取、摘取，又引申有「掠奪」的意思，後來凡是使用手得到事物，都可使用「掇」字，例如「掇皮」是用手剝去果皮，「掇賺」則指哄騙、誘騙他人以取得利益。《說文解字》說：「掇，拾取也。」《詩經．國風．周南》：「采采芣苢（芣苢，音ㄈㄡˊ ㄧˇ），薄言掇之。」具體描寫摘取植物的動作。

「啜」字從口，意指與吃、喝相關的動作，如《荀子．天論》說：「君子啜菽飲水，非愚也，是節然也。」這是用吃豆類食物、喝清水來形容安貧樂道的君子。

「輟」、「綴」、「掇」、「啜」這組字雖然使用上容易混淆，但只需了解字義就可正確使用：「輟」的本義是車隊前進，行列卻中斷，因此「輟學」

指學業上的中斷。「綴」指衣服的連接、縫合，此義可引申至任何物品相互結合的關係上。「掇」是使用手拾取、摘取，而與事物發生關係。「啜」則是使用嘴巴，進而與事物產生關聯時使用。

轍 ㄔㄜˋ chè　輒 ㄓㄜˊ zhé

	轍	輒
部首	車	車
筆畫	18	14
簡體字	辙	辄
草書	轍	輒
行書	轍	輒
隸書	轍	輒
小篆	轍	輒
金文		
甲骨文		

唉！真拿你沒「~~轍~~」

✓這樣用就對了！

光鮮亮麗的娛樂圈，常是眾多年輕男女夢寐以求的夢想，但真正置身其中，卻也有無法跳脫這「大染缸」的無奈。

美國知名藝人小甜甜布蘭妮，為盛名所累，自從負面新聞纏身後，她的一舉一動，往往**動輒得咎**，她不希望自己的孩子**重蹈覆轍**。在一次媒體訪談中，布蘭妮甚至語出驚人地表示，如果兒子以後想進演藝圈，她一定會把他「關在家裡直到三十歲」。

雖然很多人不喜歡過「平凡」的生活，可是在某些人眼中，「平凡」卻是他們最渴望得到的幸福呢！

○搞清楚弄明白

輒、轍兩字字形相似，前者指的是車輛結構的某一部分，後者則是車輛行駛過後在地面所留下的痕跡。「輒」的本義是「跟前面的橫木相連接的兩條直木」許慎《說文解字》說：「輒，車兩輢也。从車，耴聲。」古代車輛前面的橫木，稱為「軾」，左右兩廂的直木稱為「輢」，跟前面橫木相連接的兩條直木，就叫做「輒」。「輒」附於車輛左右，如同雙耳位於頭部兩側，而「耴」偏旁也本有耳垂的意思。

「輒」字還可作副詞使用，有「往往」、「每每」、「總是」的意思，如「動輒得咎」。韓愈曾在〈進學解〉裡抒發自己才高位輕、不受重用的不滿，由於個性使然，不但時常直言勸諫，得罪他人，也因此屢遭貶謫打壓，可想而知他在官場上並不吃香，不免令人遺憾。後來「動輒得咎」被用來形容人進退維谷，稍有舉動就遭受責難，亦即人的處境艱難，常受責罰的意思。

陶淵明〈五柳先生傳〉說：「造飲輒盡，期在必醉，既醉而退，曾不吝情去留。」其中，「造飲輒盡，期在必醉」兩句，便是描述他「只要一去喝酒，就總是盡情喝個痛快」率性的一面。

「轍」的本義是指「車輪輾過的痕跡」，進一步則引申為「過去的事蹟」，《說文解字》對「轍」的解釋是：「車迹也。从車，徹省聲。」常用的詞語，如「改弦易轍」、「如出一轍」、「重蹈覆轍」等。

值得一提的是，唐宋古文八大家之中，人稱「一門三學士」的「三蘇」便占有三席，可見蘇洵父子在文壇上具有舉足輕重的地位。由字的本義看來，蘇洵將兒子分別命名為蘇「軾」與蘇「轍」，此中深意，真是殊堪玩味啊！

贍 ㄕㄢˋ shàn　瞻 ㄓㄢ zhān

	瞻	贍
部首	目	貝
筆畫	18	20
簡體字	瞻	赡
草書	瞻	贍
行書	瞻	贍
隸書	瞻	贍
小篆	瞻	贍
金文		
甲骨文		

「瞻」養費！要看得到喔

✓這樣用就對了！

據內政部統計，二〇〇八年臺灣平均每一天就有一百五十三對夫妻離婚，其比率高居亞洲之冠。演藝界名人離婚，更是**動見觀瞻**，如王靜瑩和陳威陶、陳孝萱和詹仁雄、賈靜雯與孫志浩等，皆是轟動一時的新聞焦點。

名人離婚，以**贍養費**最受矚目，尤其是富豪級的名人。根據美國媒體統計，「籃球之神」麥可．喬丹高踞榜首，其前妻薇諾伊拿到超過一億五千萬美元（約臺幣四十九億七千萬元）的贍養費，堪稱天價。不過，高爾夫球名將老虎．伍茲很可能打破此一紀錄。據了解，伍茲與妻子艾琳已確定離婚，贍養費價碼據估計高達七億五千萬美元，約臺幣兩百四十億元，將創下名人離婚贍養費之最。

○搞清楚弄明白

「瞻」是個形聲字，本義是指「向前看」，例如「瞻前顧後」。後來則發展出兩層含意，一指「向上看」，例如「瞻仰」，二是「令人敬仰、仰慕」，例如「眾所瞻望」。許慎《說文解字》說：「瞻，臨視也。从目，詹聲。」段玉裁作注解時說：「〈釋詁〉、《毛傳》皆曰：『瞻，視也。』許別之云：『臨視。』今人謂仰視曰『瞻』，此古今義不同也。」

段玉裁顯然認為「瞻」字的本義是指「向前面看」，至於許慎所說的「臨視」，段玉裁認為和後來的「仰視」之意，是因古今語義產生變化的結果。

至於「贍」字，本是指「供給、供養」的意思，如「贍養」，後來引申有「救濟、救助」之意，例如字書《玉篇》裡所記載的：「贍，周也，假助也。」此外，還從「救濟、救助」之意引申出「豐富、充足」的含意，例如「豐贍」。

「瞻」跟「贍」由於字形相近，常被混用，例如把「瞻前顧後」寫成「贍前顧後」，把「有礙觀瞻」寫成「有礙觀贍」。或者反過來把「贍養費」寫成「瞻養費」，這麼一來，原本指供給維持生活的費用，就變成觀看費用了！綜合以上所述，「瞻」的意思為「看」，所以字形的偏旁從「目」；「贍」的意思為「供給」，在古代，「貝」曾被當做交易的貨幣，因此「贍」字的偏旁從「貝」。弄清楚它們兩者在字義上的差異後，書寫時就比較不容易出錯了。

關於「瞻」字，宋代有位著名的文豪蘇東坡，蘇東坡的名為「軾」，字「子瞻」。這是由於「軾」乃是古代車子前面可以供人憑靠，藉以瞻望的橫木，因此蘇東坡的「字」跟他的「名」在意義上是相輔相成的，這是古人命名取字的一種習慣。

魏晉南北朝時期政治黑暗，佛教與道教盛行，產生許多志怪小說，晉代干寶的《搜神記》，就有一則「阮瞻與鬼相辯」的故事。故事提到：阮瞻一向不相信鬼神，有一天，一位客人來與他辯論鬼神問題，阮瞻還是不相信世上有鬼神。最後客人對阮瞻說：「鬼神的事，是從古到今流傳下來的，你怎能硬說沒有呢？就像我，我就是一隻鬼。」說完，客人就變成奇異之狀消失了。阮瞻看了後，不發一言，覺得難過、沮喪，一年多就生病死了。

賑 振

ㄓㄣˋ zhèn　ㄓㄣˋ zhèn

	賑	振
部首	貝	手
筆畫	14	10
簡體字	赈	振
草書	賑	振
行書	賑	振
隸書	賑	振
小篆	賑	振
金文		
甲骨文		

「振災」、「賑災」，哪一個才是在救災

這樣用就對了！

一般人總認為，重大災難發生時，外界對災民的**賑濟**，不管是物質或心靈的，往往能讓他們重新**振作**。因此，很多災難救援團體，除了提供食品、醫藥、物資，也都有心理專家隨行。

不過，災難心理學家卻發現，通常災民只願接受物質的援助，卻拒絕更深層的心理幫助。因為他們見識過大自然毀滅的威力，完全沒有安全感，此時很難接受未經歷過相同災難、來自外界的「專家」告訴他們應該如何調適。

可行的辦法是，在災區成立互助團體，透過互相鼓勵，形成支持的力量。而政府和非政府組織退出災區救援之後，仍要持續關懷、定期回災區辦心理講座，或在災區學校增加心理輔導課程。

◎搞清楚弄明白

「振」本義是「舉手救助」，為形聲字。《說文解字》說：「振，舉救之也。从手，辰聲。一曰：奮也。」「振」字除了「舉手救助」的意義之外，還有「奮發、奮起」的意思，例如：「振奮人心」、「士氣大振」等。另外，「振」還可以通「震」字，表達「使物體搖動」的意思，例如：「振翅高飛」、「振筆直書」等。

至於「賑」本來的意思為「富裕、富饒」，也是個形聲字，《說文解字》說：「賑，富也。从貝，辰聲。」後來則發展出「救濟」的意思，如：「賑濟」、「賑災」等。

由於「振」和「賑」兩字在「救助、救濟」這個意義上有所重疊，因此使這兩字出現混用的情形。造成這種情形的原因，則是因為每一個時代有其特殊的文字使用習慣，與文字體系的規範。段玉裁替《說文解字》作注解時，曾引唐代顏師古《匡謬正俗》一書的說法，說：「《匡謬正俗》曰：『振給、振貸，字皆作振。振，舉救也。俗作賑，非。』」意思是具有「救濟」含意的本字，其實是「振」。

可是到後來，出現了用「賑」字取代「振」字的情形，也就是「俗作賑」。不過，顏師古認為這種用「賑」來表達「救助、救濟」的意思是不對的。只是，若從文字使用的時代演變來看，「賑」字逐漸取代「振」字表達「救助、救濟」的含意是事實，所以「賑濟」、「賑災」等詞在今天一般都不寫成「振濟」、「振災」了。

椿 ㄔㄨㄣ chūn　樁 ㄓㄨㄤ zhuāng

	椿	樁
部首	木	木
筆畫	13	15
簡體字	椿	桩
草書		
行書		
隸書		
小篆		
金文		
甲骨文		

「樁」萱並茂喜連「樁」

✓這樣用就對了！

近年來自然養生之風盛行，看似不起眼的**香椿樹**，早就被中醫用來作止血之用，近來還被現代醫學研究人員發現，具有降血糖、抗氧化等功效。很快成為素食餐廳必備的養生美食，香椿炒飯、香椿炒蛋、香椿煎餅、香椿豆腐紛紛出爐，還有可用來拌麵、塗麵包的香椿醬。

香椿可謂是全方位植物，平時可當庭園觀賞造景植物，又可食用、藥用，而且因為生長快速、樹幹筆直，以前人蓋房子，就用它來打樁。

在中國傳統文化裡，香椿因為長壽、常綠，代表父親，古人會在香椿樹旁種植萱草（金針）代表母親，因為萱草可以使人忘憂，如果一個家庭「**椿萱並茂**」，表示父母都健康長壽，這是為人子女者莫大的福氣。

◎搞清楚弄明白

「椿」字的本義即植於地而用以繫匏（音ㄅㄠˋ）畜（音ㄒㄩˋ）之木，因此以木為形符。而聲符舂的本義為「擣米」，含有自上向下撞擊之意。因此「椿」便由繫匏畜之木，引申為動詞而有「撞擊」之意。因其植木於地，取其穩定不動，所以賭博的頭家又稱為「坐椿」。

至於「椿」本義作「木名」解，俗名香椿，其葉常綠，發芽至嫩時，生熟皆可食。古代傳說大椿長壽，後來用以比喻父親高壽之意，如「椿年」、「椿壽」。

《莊子．逍遙遊》說：「上古有大椿者，以八千歲為春，八千歲為秋。」至於母親的借代詞則是「萱」。《詩經．衛風．伯兮》：「焉得諼（音ㄒㄩㄢ）草，言樹之背。」這兩句詩是說：「上哪去找忘憂草，種在屋後除煩惱。」毛傳：「諼草令人忘憂。諼，同『萱』。」之後便以「萱」比喻慈母。「椿萱並茂」這個成語就是父母長壽健在的意思。

椿音「ㄓㄨㄤ」，椿音「ㄔㄨㄣ」，造成混淆的原因不是音近，而是由於形近而誤用，再加上閱讀者積非成是而造成混淆。字形上，「椿」、「椿」都从木，但「香椿」是指可食用的植物，不可誤寫為「香椿」。美事一「椿」，不可誤寫為「美事一椿」。

部首	
齒	心
筆畫	
15	10
簡體字	
齿	耻
草書	
齒	恥
行書	
齒	恥
隸書	
齒	恥
小篆	
齒	恥
金文	
齒	
甲骨文	
齒	

齒 ㄔˇ chǐ　恥 ㄔˇ chǐ

不「~~齒~~」下問，才能學到真功夫

✓這樣用就對了！

愈是有學問的人，往往愈謙虛，願意**不恥下問**，虛心求教。大科學家愛因斯坦，有一天不小心撞上一位小女孩，這名女孩看愛因斯坦穿著邋遢，忍不住出言糾正。愛因斯坦不但不生氣，反而向女孩請教穿衣服的方法，甚至請對方來自己的工作室玩，兩人成了無話不談的忘年之交。

《本草綱目》作者李時珍，為完成這部中國醫學經典，除了親自採藥、研究，還向當地的農人、樵夫或漁夫等擁有豐富野外生活知識的「小人物」請益，終於為中國歷代一千多種藥物做出詳實考證，貢獻良多。可見遇到不明白的事，不拘泥於身分高低，大方向人請教，才是獲得真知的不二法門。

◎搞清楚弄明白

「齒」的本義指人或動物用來咀嚼食物的器官。後來引申有兩層含意，一是

「指稱排列像齒狀的東西」，如：鋸齒、齒輪；二是「年齡、年歲」的代稱，如：齒德俱高。上述三種意義都是當名詞使用，但古文中還有一種用法，是作動詞，表示「開口談論、敘述」或「並列」，前者如：不足齒及，後者如：令人不齒。

按甲骨文的字形來看，「齒」字原先取象於人張口時，口中正面的牙齒形狀。字形發展至金文，下半部仍是口中牙齒之形，但上半部則加上「止」為聲符。因此，從小篆到今日的「齒」字，根據造字的六書原則，乃是形聲字。許慎《說文解字》說道：「齒，口齗（音ㄧㄣˊ）骨也。象口齒之形，止聲。」

至於「恥」字，今日常見的用法有二：一是作動詞，表示「感到羞恥」，例如：不恥、可恥、恥居人下等。二是當名詞，指「羞愧的心」或「令人感到羞愧的事」，前者如：知恥、無恥、廉恥等，後者如：雪恥、奇恥大辱。

「不齒」跟「不恥」因為讀音相同，使用時很容易造成誤用。「不齒」是「不屑與某人並列」的意思，因為牙齒是一顆顆排列，所以引申有並列、並排的意思。「不恥」則是「不以為羞恥」，所以「不恥下問」是說「不以向年齡、身分或學識不如自己的人請教而感到羞恥」，換句話說，就是勇於向他人求教或謙虛向學。

因此「令人不『齒』」不能寫成「令人不『恥』」，否則「不屑、瞧不起」就會變成「不感到羞恥、不認為羞愧」。相對的，「不『恥』下問」也不能寫成「不『齒』下問」，否則「虛心向學」的原意就變成「不屑於向他人求教」了。

成語「脣亡齒寒」出自《左傳．僖公五年》：「諺所謂『輔車相依，脣亡齒寒』者，其虞、虢（音ㄍㄨㄛˊ）之謂也。」春秋時代虞國的大夫——宮之奇勸諫國君，不要借路給晉國，讓對方去攻打鄰近小國——虢國。宮之奇引用俗語「輔車相依，脣亡齒寒」，比喻虞、虢兩小國是「彼此禍福相關、休戚與共」，可惜國君沒有接受他的勸諫。後來，晉國軍隊滅了虢國後，果然在回程襲擊虞國，使虞國也遭到覆滅的命運。今日，我們則多用「脣亡齒寒」來比喻雙方的關係緊密相連。

查 察

ㄔㄚˊ ㄔㄚˊ

chá chá

請問大人！可以明「查」秋毫嗎？

✓這樣用就對了！

進入網路時代，許多適婚男女開始把網路平臺當作交友利器，連帶使婚姻網站迅速竄紅。一九九五年成立的www.match.com可說是一路發，號稱至今已為一億人尋得真愛。近年來，除了原先以白人為主的註冊者，華人也積極參與報名，該網站甚至為此成立簡體中文網站，足見生意興隆。

人口多達十三億的大陸也有樣學樣，多家婚姻網站有如雨後春筍，陸續竄起，還有業者推出註冊費人民幣二十的平價服務。不過，網路購物都會出現詐欺，網路婚姻又怎能沒有陷阱？如何善用婚姻網站的查詢、配對之便，從龐大資訊中找出真愛，最後還是得靠當事人自己**明察秋毫**，才不致於在茫茫網海中失足而造成遺憾。

部首
木 宀

筆畫
9 14

簡體字
查 察

草書

行書
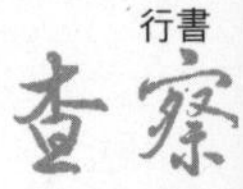

隸書
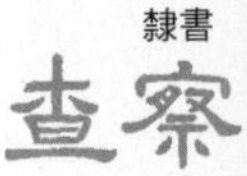

小篆

金文

甲骨文

◯搞清楚弄明白

「察」的本義是指覆審、審視、詳察，許慎《說文解字》說：「察，覆審也。从宀，祭聲。」段玉裁進一步解釋：「从宀者，取覆而審之。从祭為聲，亦取祭必詳察之意。」可知「察」乃自上向下審視之意，故从宀；又祭祀屬於大事，必須審慎從事，因此故「察」以「祭」為聲符。

成語「明察秋毫」典出《孟子．梁惠王上》：「吾力足以舉百鈞，而不足以舉一羽；明足以察秋毫之末，而不見輿薪。」這段話是說：「孟子問梁惠王：『一個人若能舉起非常重的東西，有可能拿不動一根鳥羽嗎？一個人的視力能看清楚鳥獸細毛的末梢，有可能看不見一大車的柴薪嗎？』」孟子以為這是「不去做」的問題，而不是沒有能力去做。施行仁政的道理也是如此。

沈復的〈兒時記趣〉一文說：「余憶童稚時，能張目對日，明察秋毫。見藐小微物，必細察其紋理，故時有物外之趣。」「明察秋毫」形容眼力很好，能清楚看見極細微的事物。「秋毫」指鳥獸在秋天新長的細毛，比喻極微小的事物。所以，使用「察」的本義，仔細觀看，才能看得鉅細靡遺。後來，人民如有冤屈之事，更希望法官判案能夠「明察秋毫」，將事實真相調查清楚。

「察」字由本義又進一步引申出「考察、審定」的意思，例如「察核」、「察究」、「習而不察」、「察往知來」。《論語．衛靈公》說：「眾惡（音ㄨˋ）之，必察焉；眾好之，必察焉。」意思是：「大家討厭這個人，一定要詳加考察其緣由；大家喜愛這個人，也一定要察明其緣由。」

至於「查」字則有「考察、檢點」之意，《康熙字典》引《正字通》說：「查，考察也。」例如「查核」、「查究」、「查辦」、「查無實據」。現在常使用的「查字典」、「查閱」、「查戶口」等，則有翻閱、檢驗的意思。

因為「查」意指「考察、檢點」，例如「查核」意為檢查考核，和「察」的「考察、審定」之引申義，例如「察核」為考察檢定的意思，兩者在意義上有部分重疊，原則上可以相通，甚至有「查察」的詞語，意為檢驗考察。除此之外，若要將「查」運用到「察」其他的意義上，就是用錯了。「明察秋毫」不能寫成「明查秋毫」，使用時要格外留意。

瞋 ㄔㄣ chēn　瞠 ㄔㄥ chēng

	瞋	瞠
部首	目	目
筆畫	15	16
簡體字	瞋	瞠
草書	瞋	瞠
行書	瞋	瞠
隸書	瞋	瞠
小篆	瞋	瞠
金文		
甲骨文		

這件事真是令人「~~瞋~~」目結舌！

✓這樣用就對了！

少年犯罪之後，一般最常採用保護管束、感化教育等方法，但英國約克郡警方，正在嘗試一個別出心裁的方式——罰學跳舞。

此構想來自一位舞蹈公司的監製。很多少年犯聽到判決時，不管合不合理，第一個反應是**瞠目結舌**，不知如何是好，之後是開始憤恨不平。他認為，透過舞蹈能幫助誤入歧途的少年不再心存**瞋恚**，重新獲得他人的尊重與認同。

事實證明這招確實管用，經由最初兩年的評估顯示，這些學員的再犯率比全英國平均降低近四成。英國這項創舉，或可成為臺灣司法未來的借鏡。

○搞清楚弄明白

「瞋」本來的意思是指「張大眼睛」，許慎《說文解字》對「瞋」字的解釋是：「瞋，張目也。从目，真聲。」之後則引申出有「生氣、發怒」的意思，所以有「瞋恚」、「瞋恨」等詞的使用。至於「瞠」則有「瞪大眼睛直直看著」的意思，宋代詩人陸游在〈醉歌〉一詩所創作的詩句：「醉倒村路兒扶歸，瞠目不識問是誰。」當中的「瞠目」就是這個意思。之後從「張大眼睛直視」之意，又進一步發展出帶有「驚訝」的意思，如「瞠目結舌」等。

由於「瞋」和「瞠」都有「張大眼睛看」的意思，再加上我們所使用的詞彙系統，又同時有「瞋目」與「瞠目」的詞條，因此使用上常相互混淆。例如把「瞠目結舌」寫成「『瞋』目結舌」，整個意思就完全改變了。因為在實際使用時，這兩個字在情感的色彩上是有所不同的。如前面所說，「瞋」其實帶有「生氣」的情感色彩；「瞠」則是「驚訝」或「驚嘆」的成分較為濃厚，因此「瞋恚」不能寫成「瞠恚」；「瞠乎其後」也不能寫成「瞋乎其後」。

在佛教經典《百喻經》裡，有一則「說人喜瞋喻」的譬喻故事。故事提到：從前有一群人在屋子裡閒聊的時候，談到某一位不在場的朋友。其中一人說到這位不在場的友人，不管在道德或品行上都有很好的表現，唯獨有兩個缺點，一個是喜歡發脾氣，另一個是行事魯莽、衝動。

此時那個被討論的人正好經過門外，聽到這些話，就很生氣地衝進屋裡，揪住那個說他缺點的人，並且動手打了他。旁邊的友人就問他說：「你為什麼出手打人呢？」這個人就回答說：「我哪裡愛亂發脾氣，行事莽撞了？可是他卻說我喜歡亂發脾氣，做事魯莽，所以我才打他。」旁邊的人就告訴這位愛發脾氣的人說：「你現在的所作所為，不正好說明你的確是愛亂發脾氣，做事魯莽、衝動嗎？」

這則故事告訴我們，做人不應該魯莽行事，也不應該動不動就生氣。從正向思考出發，提醒人們應該好好增進個人的修為，時時反省自己，千萬不要被自己直接的情緒反應給蒙蔽了。而這也正是佛教思想所要表達的摒棄「貪」、「瞋」、「痴」慾念當中，斷「瞋」念的主要用意。

祟 ㄙㄨㄟˋ suì　崇 ㄔㄨㄥˊ chóng

	崇	祟
部首	山	示
筆畫	11	10
簡體字	崇	祟
草書	崇	祟
行書	崇	祟
隸書	崇	祟
小篆	崇	祟
金文	崇	
甲骨文		

你「鬼鬼~~崇崇~~」的，到底想幹什麼壞事？

✓這樣用就對了！

近年來，半夜**鬼鬼祟祟**地手拿噴漆，在牆壁上、馬路上、地鐵車廂裡亂畫的塗鴉行為，日趨盛行。作畫者覺得，這是表達崇高藝術理念和解放心情的一種方式，但是對大眾而言，這種行為無異破壞公物，應予制止。

對於在公共場所亂塗鴉的行徑，新加坡政府是一點都不客氣的，曾有人進入新加坡地鐵車廠在車廂塗鴉，因而被告上法庭，面臨鞭刑處罰。

相形之下，臺灣對塗鴉較為寬容，不合法的塗鴉，頂多罰款幾千元。其實，塗鴉客的行為和他們作畫的內容，往往凸顯社會上被壓抑者的心理。讓塗鴉客有空間發揮，抒發其心情和想法，才是根本解決之道。因此，臺灣很多地方開始開放合法塗鴉區，臺北市五個河濱公園一部分防洪牆，就是可以讓塗鴉客合法發揮創意的自由塗鴉區。

◎搞清楚弄明白

「崇」這個字是由形符和聲符合成的形聲字，本義是「山勢高大」的意思，《說文解字》說：「崇，山大而高也。从山，宗聲。」後來「山勢高大」又引申為「身分的尊榮高貴」，例如：地位「崇高」。上述兩種用法又再引申出「尊敬、重視」之意，例如：「崇尚」、「崇拜」等。

「祟」意指「鬼神所引起的災禍」，《說文解字》解釋為：「祟，神禍也。从示出。」。後來引申有「做事不光明」的意思，如：「鬼鬼祟祟」。

「崇」和「祟」在字形上很相近，因此在書寫時很容易出錯。由於漢字具有表義的特性，我們可以利用此一特點，從這兩個字所表達的意義，配合字形，來正確使用它們。如「崇」字表達山勢高大的意思，所以字形上半部的偏旁為「山」，而「祟」字所表達的是鬼神災異的概念，字形下半部的偏旁則從「示」。如此，就能避免把「鬼鬼祟祟」寫成「鬼鬼崇崇」，或者把「崇高」、「崇拜」、「尊崇」寫成「祟高」、「祟拜」、「尊祟」了。

談到「崇」這個字，就會聯想到西晉時期的著名人物「石崇」。根據南朝宋劉義慶《世說新語》的記載，石崇生活奢侈，時常與王愷比較誰的財富多。

有一次晉武帝把一株世上罕見、高兩尺多的珊瑚樹賞賜給王愷，於是王愷就拿去向石崇炫耀。沒想到石崇看完，竟然把這株珊瑚樹給敲碎。王愷認為石崇是在嫉妒自己擁有這樣的珍寶，於是很生氣地責備他，石崇說：「你別生氣，我現在就把它還給你。」

於是他命令僕人把自己家所有的珊瑚樹都搬出來，其中高三尺、四尺，枝幹奇特、光彩奪目的珊瑚樹就有六、七株，而如同王愷向石崇炫耀的珊瑚樹更是為數眾多，讓王愷看得是目瞪口呆。可見當時石崇的財富之雄厚。可惜石崇雖富可敵國，擁有許多珍寶、美妾，卻不知收斂，最後不免為自己招來殺身之禍。

譯 ㄧˋ 釋 ㄕˋ

yì　shì

部首	言	釆
筆畫	20	20
簡體字	译	释
草書	譯	釋
行書	譯	釋
隸書	譯	釋
小篆	譯	釋
金文		
甲骨文		

該怎麼翻「~~釋~~」才好

✓這樣用就對了！

英國伯明罕一所小學，全校學生分別來自三十二個族群，使用語言達三十種，宛如小型聯合國。但是太多學生母語不是英文，卻也造成教師極大的不便。校方為此引進名為「說話家教」的電腦**翻譯**系統。老師只需把授課內容輸入，其語音翻譯功能可將英文翻譯成二十五種語言，再用該種語言朗誦出來，學童也可以自己的母語輸入內容，讓電腦翻成英文，省去比手畫腳**解釋**的麻煩，使學童與老師溝通無礙。

有家長肯定校方的用心，但也有人提出質疑，認為根本解決之道該是為外語學生提供密集的英語教育，而非依靠電腦。不過，站在老師的立場，面對一班「小聯合國」，該如何從事教學，也是個令人頭大的難題。

◎搞清楚弄明白

古時候的中國人認為自己居於世界的中心，將東南西北的民族分別稱為夷、蠻、戎、狄，簡稱四夷。將這些「四夷之語」翻譯成另一種語言，即是「譯」的本義。《說文解字》說：「譯，傳四夷之語者。从言，睪(音一ˋ)聲。」

「釋」意謂著解開、分別某些混淆的概念，例如解釋、詮釋等，許慎對「釋」的說明如下：「釋，解也。从釆(音ㄅㄧㄢˋ)，釆取其分別，从睪聲。」「釆」是象形字，象野獸爪子的模樣，爪子並非連在一塊兒，而是各個有別，因此「釆」字有分別的意思。

「譯」、「釋」皆為形聲字，由於兩字僅有部首不同，因此容易造成混淆。儘管現在譯讀作「一ˋ」，釋讀作「ㄕˋ」，讀音相差甚遠，但依照《說文解字》的說法，兩者都是以「睪」為聲符，同屬形聲字。

就大方向來看，「譯」、「釋」都有「說清楚」的意思。例如「譯」，把A語言翻譯成B語言，使語言能夠清楚地相互溝通、不混淆；而「釋」，則要把語義解釋清楚，以免造成誤解。如此說來，該如何辨識這兩字的用法呢？其實可以從這兩字的部首下手。由於譯者需要用言語上的轉換，讓使用不同語言的人們可以溝通，既然是要依靠言語，那麼翻譯的「譯」字，一定要是「言」字旁，不可能是「釆」字旁。

至於「釋」字，解釋是著重概念上的分別、釐清，所以採用具有「分別」義的「釆」字為部首。

中國大陸幅員廣大，各地皆有不同的方言鄉音，因此，當年國民政府帶著大批老兵來到臺灣，南腔北調，鄉音濃重，語言上就曾鬧出很多笑話。例如有老兵到小吃店想飽餐一頓，於是跟老闆說：「我要『ㄕㄨㄟˋ ㄐㄧㄠˋ』(音似睡覺)。」老闆娘紅著臉咒罵，並請老闆主持公道。眼看爭吵即將發生，只見有位客人說：「別吵了，他只是要點水餃(ㄕㄨㄟˇ ㄐㄧㄠˇ)來吃罷了！」眾人訕笑，老闆不好意思地端出水餃招待老兵，化解了一場紛爭。

動畫「哆啦A夢」中有一個道具叫做「翻譯蒟蒻」，可以翻譯不同民族與動物的語言，如果這個道具能成真，只需吃下蒟蒻就能了解各種語言，那該有多好！

剎 煞

ㄔㄚˋ　ㄕㄚ

chà　shā

	剎	煞
部首	刀	火
筆畫	9	13
簡體字	刹	煞
草書	剎	煞
行書	剎	煞
隸書	剎	煞
小篆	剎	
金文		
甲骨文		

真是「剎」費苦心

這樣用就對了！

媒體競爭激烈，為拚銷售量，常常無所不用其極。美國雜誌界便因此衍生一種名為「夜店女郎」的記者，這些美豔的女記者被派往各大夜店潛伏，接近名人，並搜集各種內幕消息。編輯部還**煞費**苦心，視各家夜店屬性不同，派出不同族裔的記者前往採訪。

雖然「臥底」的治裝費驚人，一晚的薪水從三百美元起跳，若故事精采，薪水還可高達一晚數千美金，聽來十分誘人。但要勝任這份工作可不容易，除了要打扮俏、文筆好、觀察力佳、具有夜夜笙歌的體力之外，偶爾還得接觸毒品。如稍有不慎，染上毒癮，在**剎那**的光鮮之後，可就要萬劫不復了。

搞清楚弄明白

「煞」有兩個讀音，一讀作「ㄕㄚ」，一讀作「ㄕㄚˋ」。「煞」讀一聲時有

「消滅」、「結束」的意思，其實就是「殺」的俗字，用現代的流行語來說，解釋成「終結」似乎頗為適當。如果讀成四聲「ㄕㄚˋ」，意思是凶神，就是我們常說的「煞星」。

「剎」讀作「ㄔㄚˋ」，常常被人誤念為「ㄕㄚˋ」，《說文解字》有這個字，但是它的注解說：「柱也。從刀，未詳。」也就是不確定此字的來由，典籍中也沒有類似的用法。目前，「剎」字的用法很單純，一是指佛寺、佛塔，一是作為梵語的音譯。「剎多羅」的省稱：土田或國土的意思。我們常用的「剎那」也是梵語的音譯，意指極短暫的時間。看來「剎」字出現的場合似乎都離不開佛教。

「煞」和「剎」兩字最常被誤用的就是「煞車」一詞，尤其是大家用多了，也就將錯就錯，積非成是。首先要說明的是，「剎」字並沒有終結、停止之意。其次，「剎」字在《辭海》裡並沒有「ㄕㄚ」或是「ㄕㄚˋ」的讀音，我們在日常生活中也沒有聽人說「ㄔㄚˋ車」吧？因此，可知「剎」字當作「煞」來用，是以訛傳訛的結果。

再者，「煞」字的使用較為負面，例如：「煞星」、「煞氣」、「煞風景」。而「剎」字則比較正向祥和，可說是一組意義相反的字組，再加上兩字發音本不相同，也不屬於通同字。

「煞」字其實還有「極」、「很」的意思，例如：「煞費苦心」是費了很多心思，「煞有介事」指好像很有這麼一回事。「煞」字被當作「極」使用在文學作品中，最經典的算是元代著名書畫家趙孟頫的夫人管道升的〈我儂詞〉。當時趙孟頫愛上歌姬崔雲英，進而起了納妾的念頭，於是向妻子試探道：「我為學士，爾做夫人。豈不聞陶學士有桃葉、桃根，蘇學士有暮雪、朝雲，我便多娶幾個吳姬、越女亦無過分。」

此時，這位才女展現了極佳的EQ和IQ，寫下一闋千古絕唱——〈我儂詞〉答贈夫君：「你儂我儂，忒煞情多，情多處，熱似火……。」趙孟頫在此深情而睿智的回應下，也就不便再提納妾的事了。管道升不但留下膾炙人口的作品，另一方面也間接「煞」掉了情敵，確實高明。

手 首

ㄕㄡˇ shǒu　ㄕㄡˇ shǒu

部首	手 首
筆畫	4 9
簡體字	手 首
草書	
行書	
隸書	
小篆	
金文	
甲骨文	

「手」屈一指，就不是第一了

✓這樣用就對了！

成為政治人物的必要條件之一，是具有群眾魅力。或許，這就是藝人從政在國內外皆屢見不鮮的原因。在臺灣，如早期的電影明星柯俊雄、寶島歌王葉啟田、原住民歌手高金素梅，及抒情歌王余天，都是藝人踏入政界的例子。

在美國，藝人從政，早年以雷根總統最具代表性；近期則是加州州長阿諾・史瓦辛格最具鋒芒。他打破外界質疑，以政績證明自己對政治也很有一手，其任內常走訪各地推廣加州產品與觀光，是加州**首屈一指**的宣傳大使。

在講究專業、分工的社會，跨界演出難免要面對人們懷疑的眼光，但只要堅持，讓自己的長處在新的舞臺上發光發熱，最後，掌聲還是會響起的！

○搞清楚弄明白

「首」最初的意思是指「頭」。許慎《說文解字》說：「首，古文百也，巛象髮，髮謂之鬊（音ㄕㄨㄣˋ），鬊即巛也。」後來引申有「首領」的意思，如：「元首」、「首腦」，以及「開頭的、最先的」意思，如：「首先」、「首富」。另外，「首」還可以當作計算詩詞、歌曲的單位，如「一首詩」、「一首歌」。

「手」字的形體是取象於包含五根手指的手掌在內，呈現張開動作的一整隻手，段玉裁的注解是：「今人舒之為手，卷之為拳，其實一也。」後來指稱的部位擴大泛指人體的上肢，又引申指「從事某種行業或技能的人」，如「水手」、「歌手」、「國手」等。再進一步，則延伸發展有「技藝、本領」的意思，如「有一手」。

「首」和「手」在成語「首屈一指」的使用上，常出現把「首屈一指」誤寫成「『手』屈一指」的情形。可能因為「首屈一指」當中，出現「指」這個字，而「手指」本是「手」這個部位的一部分，受到字面意思的類推影響，人們常誤認為「屈一指」就是彎曲一根手指。

其實，「首屈一指」的「首」，是指彎下手指頭計數時，「首先」彎下的是大拇指，表示「稱許對方位居第一」。如果寫成「『手』屈一指」，那麼「位居第一」的概念就不見了。所以絕對不可以把「首」字寫成「手」。

西晉潘岳的〈金谷集作詩〉，有一詩句為「白首同所歸」，指的是潘岳與好友石崇等人的友情。中書令孫秀早年是潘岳的家僕，性情奸詐狡猾，潘岳很厭惡他。石崇則因不願將愛妾綠珠送給孫秀，而得罪他。後來孫秀利用權勢，誣陷潘岳與石崇，將兩人判決處死。行刑當天，石崇在刑場看到潘岳，感慨道：「安仁，你的下場竟然也和我一樣啊！」潘岳回答：「這可說是『白首同所歸』啊！」

沒想到潘岳此一詩句一語成讖（音ㄔㄣˋ），成了兩人同赴黃泉的預言。其後這句詩演變為成語「白首同歸」，通常意指友情堅定，即使到老、到死也不改變。

懾 ㄓㄜˊ zhé　攝 ㄕㄜˋ shè

部首
心 手

筆畫
21 21

簡體字
慑 摄

草書
懾 攝

行書
懾 攝

隸書
懾 攝

小篆
懾 攝

金文

甲骨文

這個消息讓我震「~~攝~~」不已

✓這樣用就對了！

過去社會大眾對「遊民」的認知，是老弱殘疾、無工作能力者。如今的遊民，他們雖有健全的身體，卻因工作缺乏保障，薪資過於低廉，租不起房子，不得不漂泊街頭，面對社會的不諒解與警察的驅趕。

臺灣當代漂泊協會、遊民行動聯盟主辦的「居無定所攝影展」，由街友組成的**攝影**班提供展覽作品，透過影像記錄他們的生活困境。而街友們也藉由學習攝影的過程，重新獲得自信，和與人互信的基礎。當然，街友們更希望他們的作品能**震懾**人心，進而引發一般人對街友的關心與重視。

◯搞清楚弄明白

「懾」字的本義，是指「聽到令人震驚的消息，因而面露驚恐，心神不寧」的樣子。「聶」字「三耳相貼」的字形，正意味著大家交頭接耳、竊竊私語，不想讓別人聽到祕密的樣子。換句話說，就是我們平日所說「咬耳朵」、「講悄悄話」的意思。無意間居然聽到令人大吃一驚的消息，震驚之餘，不由得害怕、擔憂起來。

許慎《說文解字》說：「懾，失氣也。从心，聶聲。一曰：服也、怖也。」這裡的「失氣」，是指「聽到令人震驚的消息，因恐懼而心神不寧」的樣子。至於「服也」、「怖也」，我們可以理解為：因心懷畏懼而退縮、屈服，有所顧忌，也因此表現在外的樣貌，便是神情惶恐、忐忑不安了。另外，《說文解字》對「聶」字是這樣解釋的：「聶，駙耳私小語也。」駙，同「附」字。

至於「攝」的本義是指伸手牽引，拉近彼此距離。「聶」字本身也有彼此靠近、附耳說悄悄話的意思，而以手牽持，意味著進一步拉近彼此距離。《說文解字》是這樣說的：「攝，引持也。从手，聶聲。」進一步則可以表達有關「取得」、「管理」、「整飭」、「代理」、「兼管」、「代為輔佐」之意，常見的有「收攝」、「攝影」、「攝政」等詞語。

由於「懾」、「攝」字形相似，差別僅在左側的部首，所以很容易產生混淆。「懾」字常見的詞語有「震懾」、「驚懾」、「懾服」、「聲懾四海」、「懾人心神」等，都有感到惶恐、威脅、害怕以及憂慮屈服的意思，值得留意。

翻開大清帝國歷史的扉頁，你可曾聽過大名鼎鼎的「皇父攝政王」多爾袞？多爾袞是大清帝國驍勇善戰的一員勇將，他是皇太極的弟弟，也是愛新覺羅氏努爾哈赤第十四皇子。皇太極病故後，當時的八旗軍趁勢各擁其主，情勢十分混亂。

歷經一番激烈的皇位爭奪之餘，多爾袞眼見政局紛擾，為顧全大局，決定力拱皇太極的幼子順治登上帝位。由於順治年紀還小，所以實質上仍由多爾袞掌權，順治則稱呼多爾袞為「皇父攝政王」。民間相傳，當年皇太極、多爾袞與順治皇帝之母——孝莊皇后大玉兒之間，有一段剪不斷、理還亂的愛情故事，這傳說也在風雲詭譎的大清歷史裡，為人們平添幾許浪漫想像。

珊 ㄕㄢ shān　姍 ㄕㄢ shān

	珊	姍
部首	玉	女
筆畫	9	8
簡體字	珊	姗

草書

行書

隸書

小篆

金文

甲骨文

是姍姍來遲？還是~~珊珊~~來遲？

✓這樣用就對了！

很多事情，福禍相倚，事情發生時，可能是災難，經過一段時間，卻可能變成好事。

一九九二年，一艘希臘籍貨輪在綠島船帆鼻海岬觸礁沉沒，漏油污染了海洋，船體支解的碎片將海底**珊瑚**夷為平地。然而，大自然的力量也相當驚人，這些年來，壓垮珊瑚生態的沉船殘骸，被珊瑚和海藻層層覆蓋，變成巨大珊瑚礁。根據生態專家的觀察，沉船上長出數十種珊瑚，還有珊瑚礁魚類，在船艙裡**姍姍悠遊**，形成一個壯觀的自然教室。

不過，新生珊瑚卻也可能被隨浪漂移的船體殘骸所傷害。當年沉船破壞的珊瑚礁生態廣達三公頃，目前好不容易復原了二公頃，因此，專家建議必須儘速處理殘骸問題。

◎搞清楚弄明白

珊，原是「珊瑚」一詞的用字，《說文解字》說：「珊瑚，色赤，生於海，或生於山。」《本草綱目》進一步說明珊瑚的性質：「珊瑚樹紅油色者，……，生海中或磐石上，白如菌，一歲變黃，二歲變赤，枝幹交錯，高三四尺，明潤如玉。」可見珊瑚是許多珊瑚蟲在暖海中集結營生，分泌含有石灰質的黏液，而後硬化所形成的東西。人們見到的紅珊瑚是它們殘留的骨骼。

珊瑚在水中時，直而軟，碰到空氣後，便會變得堅硬。因為它的形狀奇特，所以有人稱它們為火樹。《韻會》說：「珊珊，佩玉聲。」是將珊珊拿來形容佩玉互相碰撞的聲音，也使珊珊因而有了玉的意象，後來更被引申為晶瑩明潔的樣子。

「姍」原本作誹謗、詆毀之意，如《漢書．石顯傳》：「顯恐天下學士姍己。」「姍」作形容詞使用時，多半是「姍姍」兩字連用。典故出自於《漢書．孝武李夫人傳》，內容是說漢朝時李延年是一個擅長音律歌舞的宮廷藝人，有一次在漢武帝面前唱了一首歌：「北方有佳人，絕世而獨立，一顧傾人城，再顧傾人國。寧不知傾城與傾國，佳人難再得！」而這位佳人指的就是李延年的妹妹，皇帝見了之後，驚為天人，而她也成了漢武帝最寵愛的妃子。

這位李夫人後來因為生了重病，將不久於世，武帝因憐惜她而親自去探視時，卻被她以「婦人貌不修飾，不見君父」為由堅拒，李夫人事後對責怪她的妹妹解釋：「我是因為貌美而受寵的，以美色服事人的，必然會因色衰而愛弛，愛弛則會恩絕。皇帝給我們家族如此多的封賞及恩賜，完全是因為我的美色。要是讓他看見我病成這般憔悴的樣子，他一定心生厭惡，那我死後，你們可就危險了啊！」

李夫人死後，漢武帝對她念念不忘，甚至命令方士招魂，想要再見她一面，而且還作了一首詩形容對她的思念：「是耶？非耶？立而望之，偏何姍姍其來遲！」「姍姍來遲」原本是形容女子緩步慢移的樣子，後來卻用來形容不守時赴約的人，一付遲來的樣子。

身 ㄕㄣ shēn　生 ㄕㄥ shēng

	身	生
部首	身	生
筆畫	7	5
簡體字	身	生

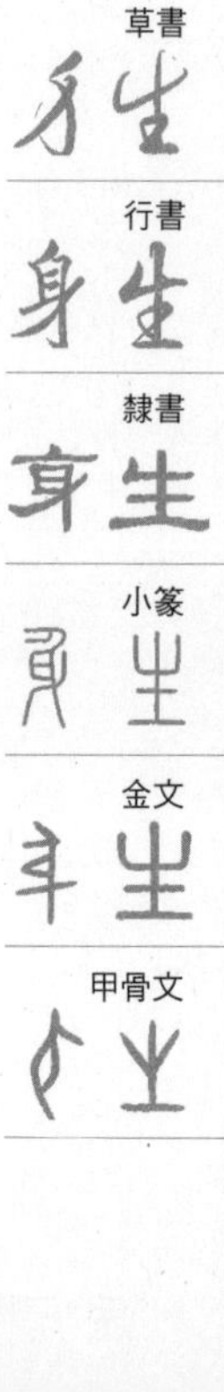

是終「生」？還是終「身」？

✓這樣用就對了！

網路吸引人之處，有一部分是來自其「匿名性」，使用者可以自由更換喜歡的暱稱，不須以真名示人，予人隱私受到保障的安全感，這也是網路遊戲另一個有趣之處——褪去現實的外衣，玩家可以任意扮演自己想要扮演的角色。

然而，二〇一〇年六月，大陸文化部頒行規範網路遊戲的「網路遊戲管理暫行辦法」，未來大陸網路遊戲玩家必須以**身分證**註冊，此舉對傳統網遊市場無疑是一大衝擊，到底這項法規對市場的影響有多大？是否真會影響玩家嘗試網路遊戲的意願，進而扼殺業者**生路**？還需要觀察一段時間。

○搞清楚弄明白

「生」的本義是植物自土中萌發、生長的意思，屬於象形字。甲骨文中，「生」的字形就象剛破土而出的小草，最下面一橫表示土地。到了金文和小篆，字形由草形和「土」構成，意思是土裡長出草來，許慎《說文解字》說：「生，進也。象艸木生出土上。」到了漢代以隸書為官方文字，於是形成了現在的寫法。

「生」由生長的意思，又引申為「生產」，如：生育。後來，又引申指「生存」，也就是「活」，其義和「死」相對。如：生路、生不如死、死生有命。此外，「生」字也表示「生命」，如：舍（音ㄕㄜˇ）生取義；也表示「一輩子」，如：生平、畢生、一生一世。

從只長葉子而未結果子的形態中，「生」字又產生「不成熟」的意思，和「熟」相對，因而又引申指不熟的果實、不熟的飯、沒經過煉製的東西等意思。同時，也由「不成熟」引申出「生疏」之意，如：生字、生手、人生地不熟；以及「勉強」的意思，如：生硬；或指稱正在學習或接受培訓的人，如：學生、實習生、研究生等。

至於「身」，本義是指人類的軀體。甲骨文中，「身」是表示肚子大的象形字，呈現女子懷有身孕時腹部隆起的樣子，因此，「身」字常有「孕」的意思，如：「有身」、「身懷六甲」，都是指腹中懷有胎兒之意。《詩經．大雅．大明》說：「大任（音ㄖㄣˊ）有身，生此文王。」（大任懷胎有了喜，於是文王降生。）

由於孕婦懷孕時，腹部隆起，所以「身」又指「腹」，而「腹」為身體的主要部分，所以又進一步泛指「人體」，亦可稱為「身體」，如：「人在江湖，身不由己」。

「生」、「身」兩字會造成混用的情形，是因為部分字義相近。例如「身」的本義指婦女懷有身孕，而「生」可引申為婦女生孩子。

另外，「生」、「身」指「一生」、「一輩子」時可相通，「終生」亦可作「終身」，如：「終生未娶」亦作「終身未娶」。北宋詩人林逋（音ㄅㄨ），曾隱居杭州西湖畔的孤山二十年，種梅養鶴，一生未婚未仕，他的〈山園小梅〉詩句：「疏影橫斜水清淺，暗香浮動月黃昏。」善於描寫梅花神韻，已成為詠梅詩的千古絕唱。

礫 ㄌㄧˋ lì　爍 ㄕㄨㄛˋ shuò

部首	石	火
筆畫	20	19
簡體字	砾	烁
草書	礫	爍
行書	礫	爍
隸書	礫	爍
小篆	礫	爍
金文		
甲骨文		

山上冒出閃「礫」的火花

這樣用就對了！

《西遊記》裡，有座阻擋唐三藏取經的「火焰山」，整座山長達八百里，都冒出**閃爍**的火光。在苗栗縣三義鄉，也有座「火炎山」，具有特殊的礫石地質，堆積的**礫石**缺乏黏性，容易崩塌，使火炎山地貌年年都在改變，山上紅色的土壤也成為地標，遠望倒還真頗有幾分「火焰山」的味道。

火炎山荒涼的特殊地質、崩塌斷崖地景與馬尾松林，雖無實用價值，但卻具有觀光和環境生態意義，因此，林務局在二〇一〇年成立自然保護區管理站，是全國第一個為自然保留區設立的管理站，除了巡邏保護火炎山自然景觀，也負責復育因受蟲害而減少的馬尾松。

◯搞清楚弄明白

「爍」字為光閃動的樣子，《說文解字》說：「爍，灼爍，光也。」西漢李陵〈錄別詩〉：「爍爍三星列。」《新唐書．天文志》：「中夜有大流星長數丈，光爍如電。」都是指亮光閃爍，視覺有「搖曳」感，故也用來描寫視覺上的動感，如《徐霞客遊記》：「其外淺處，紫碧浮映，日光所爍也。」此外，以火銷熔亦可使用此字，以火熔金稱「鑠金」，亦稱「爍金」。

至於「礫」，凡是小石、碎石，還有地表為礫石覆蓋，致使沒有土壤而植物稀少的地區皆可使用此字，《說文解字》說：「礫，小石也。」《昭明文選．劉孝標．辨命論》：「火炎崑岳，礫石與琬琰（音ㄧㄢˇ）俱焚。」礫石，就是沙石。明代袁宏道〈滿井遊記〉中則有「飛沙走礫」的句子。

欣賞音樂，可以令人喜悅，因此歡喜、愉悅的心情稱「快樂」、「歡樂」、「樂事」。《論語．學而》說：「有朋自遠方來，不亦樂乎！」由此「樂」字衍生的「爍」、「礫」，在使用上常因形近而混淆，但其實只需了解字義就能輕鬆辨認：「爍」是指星光閃耀及其引申到以火熔金的亮光，「礫」則形容與小石子有關的地貌，因此如「閃爍」一詞當然不可用「閃礫」替代。「飛沙走礫」也不可寫成「飛沙走爍」。

而現今「閃爍」一詞，除了用來描寫火光閃動的樣子，還可形容說話遮遮掩掩、不直截了當，如：關於這件事情的真相，他始終「閃爍其詞」，不肯交待清楚。

	做	作
部首	人	人
筆畫	11	7
簡體字	做	作
草書	做	作
行書	做	作
隸書	做	作
小篆		
金文		
甲骨文		

做 ㄗㄨㄛˋ zuò　作 ㄗㄨㄛˋ zuò

是「做事」？還是「作事」？

✓這樣用就對了！

《潛水鐘與蝴蝶》是法國時尚雜誌ELLE總編輯尚．多明尼克．鮑比突然中風、被診斷出罹患「閉鎖症候群」，只剩左眼皮能跳動的狀況下，以眨動左眼表達己意寫成的回憶錄。病人靠眨眼睛**寫作**的故事，臺灣知名作家陳宏，也有與他類似的遭遇，他因漸凍症全身癱瘓、無法**做事**，僅靠眨眼指示與注音板，就能寫出六本激勵人心的**著作**，積極的態度鼓舞眾多讀者，也因此榮登金氏世界紀錄。

然而，由於身體每下愈況，出完第七本書的陳宏，已無力再繼續**創作**。不過他熱愛生命的精神，仍會透過他過去完成的文字，繼續在世間流傳下去。

○搞清楚弄明白

「作」字的本義是指「興起」的意思。許慎《說文解字》說：「作，起也。从人，乍聲。」後來則引申出有「造就」、「創造」、「進行」、「假裝」、「成為」、

「製造」、「事業」、「作品」等意思。

「作」和「做」常使人們難以區別，其原因應該與這兩字的來源與時代用法有關。

首先，在來源上，「做」字乃是「作」的俗體字，所以宋代丁度等人所奉敕修纂的韻書《集韻》說：「作，宗祚切，造也。俗作做，非是。」明代張自烈所編著的字書《正字通》也說：「作，今方音讀佐，俗用做。」由此可見，宋代以前，基本上都是寫成「作」，到了宋代以後，才出現「做」這個俗體字形的寫法。

其次，我們可從用字的角度來談。每一個時代在使用文字的習慣上，經常都有各自不同的規定。雖然「做」字是「作」的俗體寫法，但若以現在國語的使用情形來說，「作」與「做」兩字在某些詞語的使用上仍有差別。

依據教育部國語推行委員會《重編國語辭典修訂本》指出，「作」與「做」這兩個字相混，只有在「進行某事」、「成為」、「製造」等這三個意義上，例如：「做事」也可以寫成「作事」、「做工」也可以寫成「作工」、「做人」也可以寫成「作人」。

其餘則大體仍有區別，例如：表名詞用法的「事業」，只能寫成「工作」，不能寫成「工做」；表名詞用法的「作品」，也只能寫成「傑作」、「佳作」、「作品」等，不能寫成「傑做」、「佳做」、「做品」；表動詞用的「創造」，同樣只能寫成「創作」、「寫作」，不能寫成「創做」、「寫做」。

除此之外，「作」與「做」也大約有描述具體、抽象事物的區別，例如：描述製造具體的東西時，習慣上會寫成「做」，如：做衣服、做飯、做菜等；但若是描述抽象的詞語，或者是具有較濃厚的書面語色彩的詞語時，往往會寫成「作」，例如：「作廢」、「作亂」、「一鼓作氣」、「始作俑者」、「作繭自縛」、「作威作福」、「自作自受」等。不過，抽象與具體，往往難以絕對地區分開來，因此，這樣的區別，只是習慣上如此而已。

再 ㄗㄞˋ zài　　在 ㄗㄞˋ zài

	再	在
部首	冂	土
筆畫	6	6
簡體字	再	在

草書　行書　隸書　小篆　金文　甲骨文

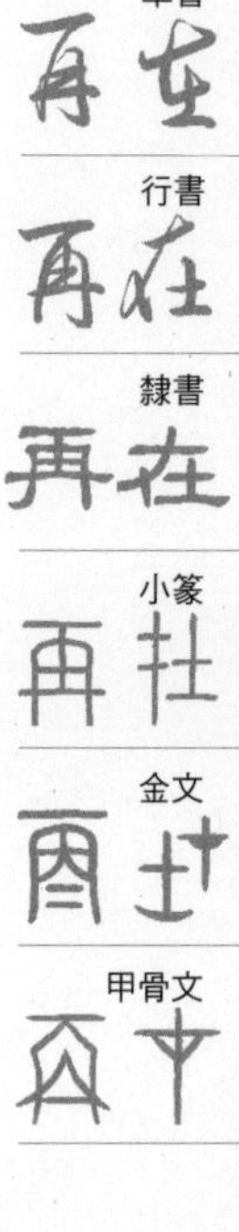

「在」怎麼辛苦，也要堅持下去

✗「在」

✓這樣用就對了！

近年來全球氣溫**一再**創新高。你聽過大熱天工作，可享有「高溫補貼」嗎？大陸在這方面的觀念和作法倒是頗為先進。

中國大陸早在一九六〇年就頒布「防暑降溫措施暫行辦法」，各省和各企業依此訂出補貼的規則。以北京市為例，二〇一〇年公布的辦法是，**在**攝氏三十三度以上室內工作者，每月可多領人民幣九十元（約臺幣四百五十元）。

但是，高溫補貼也引發爭議。有些白領上班族在冷氣房工作，高溫當月可領上千元人民幣的津貼；有些勞動工作者在烈日下揮汗，卻一毛錢也拿不到，這些藍領階級甚至不知道有「高溫補貼」，他們還說，老闆不給，他們也不會採取激烈手段去爭取。

◎搞清楚弄明白

「再」字是指事情或行為發生「第二次、第二回」的意思，如：再次、再度，後來又引申表示事情或行為「重複」發生，如：再版、再生能源。許慎《說文解字》說：「再，一舉而二也。」段玉裁補充說明：「凡言再者，重複之詞，一而又有加也。」

現今「再」還有以下三種常見的用法：第一表達「程度加深」，相當於「更加」，如：再多一點、再瘦一些；第二表示一個動作接續在另一個動作之後，相當於「然後」的概念，如：試過再說、寫完功課再上網；第三則相當於「即使多麼」或「儘管怎樣」的意思，如：再苦也要堅持下去。

至於「在」的本義是指「生存、存在」，如：無所不在《說文解字》說：「在，存也。从土，才聲。」《論語．里仁》有段話：「子曰：『父母在，不遠遊。』」當中的「在」字就是指父母健在。

後來「在」又延伸出「處於」某種狀態或「居於」某項職位，如：在場、在職等。《論語．泰伯》說：「子曰：『不在其位，不謀其政。』」當中的「在」就是「居於」某項職位。另外，「在」還可表示事物的原因和目的，相當於「決定」、「依靠」的意思，如：謀事在人、成事在天。

今日「在」字除了上述當作動詞的用法，還可作為副詞和介詞使用。當作副詞，通常表示動作或行為「正在」進行，如：我在看書。當作介詞，則表示動作或行為涉及的時間、地點和範圍，如：校慶在明天舉行、我在學校、他在數學方面有傑出的表現。

「再」與「在」因為讀音相同，容易混淆，使用時要特別注意。如：「華陀再世」是比喻醫術高明，有如東漢名醫華陀「再次」來到人世間，若誤寫成「華陀『在』世」則變成華陀仍舊活在世間，真是如此，那麼華陀的長壽簡直可列於金氏世界紀錄了！

日常生活有許多有關「在」字的俗諺，像是：「師父領進門，修行在個人」意思是老師只負責指點方向，若想學到真本事，得靠自己努力。又如：「螳螂捕蟬，黃雀在後」比喻人做事瞻前不顧後，只見眼前利益，未能顧及之後的禍患。或：「留得青山在，不怕沒柴燒」意思是只要保有根基，不用擔心未來的發展。最後，請問你還想到什麼跟「在」有關的成語或俗諺呢？

鑽 ㄗㄨㄢ zuān　攢 ㄘㄨㄢˊ cuán

	鑽	攢
部首	金	手
筆畫	27	22
簡體字	钻	攒
草書		
行書		
隸書		
小篆		
金文		
甲骨文		

為何萬頭「~~鑽~~」動？搶挖金礦嗎？

✓這樣用就對了！

二〇〇六年上映，由李奧納多主演的好萊塢大片**《血鑽石》**，以一九九九年非洲獅子山共和國內戰為背景，描述被視為高級精品的鑽石，其背後的血腥來源。

不過，現實中的「血鑽石」事件可還沒結束。賴比瑞亞前總統泰勒，在內戰期間資助叛軍「革命統一陣線」，以換取叛軍占領區的鑽石礦藏，「血鑽石」之名便由此而來。自二〇〇八年起，泰勒便因戰爭和反人道罪行，受到國際法庭審判。另外，他送裸鑽給英國超級名模娜歐蜜．坎貝爾的祕聞，也被牽扯出來。當年電影上映後，立刻有好萊塢明星拒戴鑽石。可惜電影影響時間有限，血鑽石事件仍在現實世界繼續上演著，但觀眾卻已逐漸將它淡忘。

○搞清楚弄明白

「攢」字有簇聚、拼湊、聚合之意，《正韻》說：「攢，族聚也。」司馬相如

〈大人賦〉說：「攢羅列聚。」常用的詞語有「攢簇」、「攢蹙」、「攢聚」、「攢眉」等。此外，「攢」引申有積蓄、儲蓄之意（此時讀為ㄗㄢˇ），如管理稅務的官吏稱「攢典」。

《說文解字》說：「鑽，所以穿也。」「鑽」是鑽孔的器具，但也可用來穿刺、雕刻，因此只要是與穿刺、透入有關的詞，都可以使用「鑽」字，譬如木燧以取火稱為「鑽燧」，鑽木取火稱「鑽火」，窮究道理稱「鑽研」，深入研究稱「鑽磨」。它也可以作名詞用，如現代穿孔器具稱「電鑽（音ㄗㄨㄢˋ）」。而討好他人以謀求利益稱「鑽營」。

「攢」、「鑽」兩字雖易混淆，不過，一旦了解字義，就可運用自如。如「攢」有使用手部進行拼湊、聚合之意，所以很多群眾聚集稱做「萬頭攢動」。

古代有一種名為「鑽笮（音）ㄗㄜˊ」的酷刑，戰國時期著名的軍師孫臏即曾遭遇此刑。孫臏是兵法家孫武的後人，與昔日同窗龐涓同在魏國效力。龐涓不想讓孫臏建功，便故意誣陷他，使其雙腳因受「鑽笮」之刑而被砍斷。齊國知悉孫臏的才能，就暗地將他接來齊國，委以軍事重任。不久，魏國發兵攻打韓國，孫臏建議齊威王，先讓韓、魏兩國相鬥，待魏軍兵力折損，再行出兵，並以「圍魏救韓」之計，直取防守空虛的魏都大梁。

魏軍得知首都被襲，急忙撤軍與齊國交戰。孫臏令齊軍詐敗數次，誘使魏國主帥龐涓滋生驕心，只以輕騎進擊。等魏軍追至道路狹窄的馬陵（今河北大名東南）時，遭埋伏的齊軍以亂箭襲擊，龐涓兵敗自刎，十萬精銳被殲滅，導致魏國國力大損。孫臏也洗雪前恥，揚名天下。

夙 宿

ㄙㄨˋ sù　ㄙㄨˋ sù

	糸	夕	宀
部首	糸	夕	宀
筆畫	10	6	11
簡體字	素	夙	宿

訂不到住宿地方，會不會露「夙」街頭？

✓這樣用就對了！

臺灣合法民宿多達三千家，密度雖高居世界之冠，但品質不一，不少民宿網路訂房照片與實際情況差異甚大。很多學生只考慮到價格便宜，卻住到與網路宣傳完全不一樣的爛民宿，甚至**露宿風餐**，真是情何以堪！

幸好交通部觀光局在二〇一〇年六月宣布，將對國內民宿進行評鑑分類，民眾訂房時，可以有參考標準，降低被騙機率，使得這令人頭痛的問題，有了解決之道。不過，由於標準訂得高，而評鑑又採自由報名，或許會影響業者參與的意願。但至少，這是個起步，希望觀光局的這項計畫，對發展國內旅遊產生正面意義。

素

ㄙㄨˋ

sù

◎搞清楚弄明白

「宿」有「止」的涵義，「宿」的甲骨文和金文，都象人於室內就席的狀態。許慎《說文解字》說：「宿，止也。从宀佰聲。佰，古文夙。」可知「宿」有停留、止息之意。字形从宀，表示在室內休息。又佰為夙之古文，有通宵之意，所以《玉篇》將「宿」解釋為「夜止」。後來經過隸變，才成為上宀下佰的「宿」字。

例如：可休息的處所叫做「宿」。投宿當地的特色「民宿」，是今天臺灣旅遊正夯的玩法。此外，「宿」字也可當動詞，作停留解，如「夜宿某地」。

「夙」字的甲骨文，象人跪著捧月，指早起之人喜見殘月而雙手捧之。《說文解字》說：「早敬也。从丮（音ㄐㄧˇ）夕。持事雖夕不休，早敬者也。」「夙」字中的「夕」在此指太陽西沉後到未旦之時，人於此時敬事，故解為早敬。

現今「夙」的用法，大多指早晨，例如：「夙興夜寐」，意思是早起晚睡，用以比喻人從早晨開始忙，一直到很晚才睡，有勤勞之意。

至於「素」為潔白細緻的生絹，《說文解字》說：「白緻繒（音ㄗㄥ）也。从糸，取其澤也。」絲織品中具有白色光澤者，就是素。今日「素」字的使用，多取其白或絲製品等意。例如：絹書又名素書，白色生絹亦可稱素絲。另外，也可引申為樸質無華之意，如：樸素。

由於三字讀音相同，使用時容易混淆。例如：「ㄙㄨˋ怨」和「ㄙㄨˋ願」，根據上述的解說，「宿怨」指藏蓄久積之怨，係由「止」延伸而來的含意，所以不會是「素」怨（白色之怨？）或「夙」怨（早晨之怨？）。「夙願」則指長久以來的願望，「夙願以償」表示長久以來的願望得到實現，而不會是「素」願（樸素的願望）。

又如：「尸位ㄙㄨˋ餐」和「露ㄙㄨˋ風餐」等成語，容易搞混。因「尸位」指占據職位之意，所以「尸位素餐」的「素」在此理解為空的、平白無故的，整句意思指占著職位享受俸祿卻不做事。而「露ㄙㄨˋ風餐」

則形容野外生活或行旅之艱苦，因此應做「露宿風餐」才對。

「夙夜匪懈」一詞係出自《詩經・大雅・烝民》：「既明且哲，以保其身。夙夜匪懈，以事一人。」形容人自早至晚，日夜勤奮，從不懈怠。若寫成「宿夜匪懈」，即是不了解其真意。

栗 粟

ㄌㄧˋ lì　ㄙㄨˋ sù

	栗	粟
部首	木	米
筆畫	10	12
簡體字	栗	粟

草書

行書

隸書

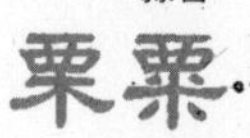

小篆

金文

甲骨文

老闆！糖炒「~~粟~~」子怎麼賣？

✓這樣用就對了！

每到秋天，路邊擺攤的**糖炒栗子**常令路人聞香而至。有人愛不釋口，也有人為保健養生，對這類甜食敬而遠之。不過，在中國近代史上，真有因為太愛吃甜食導致早夭的名人，他就是自號「糖僧」的蘇曼殊。

蘇曼殊與一般印象中敲木魚念經的和尚不同，不僅精通英、日、梵文，擅長文學、繪畫，更參與上海的革命團體「南社」，積極投身革命運動。然而，甜點於他有如**布帛菽粟**，不可一日或缺，即使生病住院期間不能吃甜食，還是私下偷藏三、四包糖炒栗子。他過世後，醫護人員還在枕頭底下發現不少糖果，可謂「嗜甜如命」。

○搞清楚弄明白

「粟」是一種可食用的穀物，是中國北方的主食之一，俗稱「小米」，《說文解字》的記載為：「粟，嘉穀實也。从卤从米。」而「栗」指的是一種常綠喬木所結的果實，這種果實富含澱粉與其他營養素，所以也是可供人們取用的堅果類食物，《說文解字》的解釋是：「栗，栗木也。从卤木，其實下垂，故从卤。」「粟」和「栗」雖然都是植物的名稱，但卻是屬於不同科的兩種植物。

由於「粟」與「栗」字形相近，所以很容易造成混淆，例如把「苗栗」寫成「苗粟」，那就不知道到底是哪個縣市了。又如把「糖炒栗子」寫成「糖炒粟子」，這樣所做出來的東西，在口味上應該會有很大的不同吧！而如果把宋代蘇軾〈赤壁賦〉中著名的詞句「寄蜉蝣於天地，渺滄海之一粟」寫成「渺滄海之一栗」，則雖然拿「栗」與「海」相比，「栗」仍屬渺小之物，但美感上可是差一大截。因此，這兩個字在書寫時，應注意它們在字形上的細微差異，避免發生誤用。

與「粟」這個字相關的，在歷史上有伯夷、叔齊「義不食周粟」的故事。根據《史記．伯夷列傳》，伯夷、叔齊本是孤竹國國君的兒子，他們的父親本想傳位給弟弟叔齊，可是父親過世之後，叔齊卻想君位讓給兄長伯夷。伯夷則認為傳位叔齊本是父親的遺命，不肯接受，於是就逃離國內，而叔齊也不肯即位，便跟著離開。

兩人聽說西伯姬昌為人賢能，因而想前往依附，沒想到到達的時候，西伯已經死了。繼位的武王用車載著文王（號西伯為文王）的牌位，聲稱奉文王之命前去討伐無道的商紂。伯夷、叔齊於是拜見武王，勸諫說：「父親死了不將他安葬，卻想要發動戰爭，這算是孝順嗎？身為臣子卻要去弒殺君王，這算是仁道嗎？」當時武王的隨從原想要殺掉伯夷跟叔齊，姜太公卻認為伯夷、叔齊是有氣節的人，不但上前攙扶兩人，還放他們離開。

武王平定商紂，整個天下都歸順於周朝，伯夷、叔齊卻以身為周朝的子民為恥辱，堅持不肯吃周朝的糧食，隱居在首陽山，最後餓死在首陽山上。而兩人這種堅守氣節的行為，也多被後代文人所尊敬與推崇。

遣　遺

ㄑㄧㄢˇ qiǎn　　ㄧˊ yí

	遣	遺
部首	辵	辵
筆畫	14	16
簡體字	遣	遗

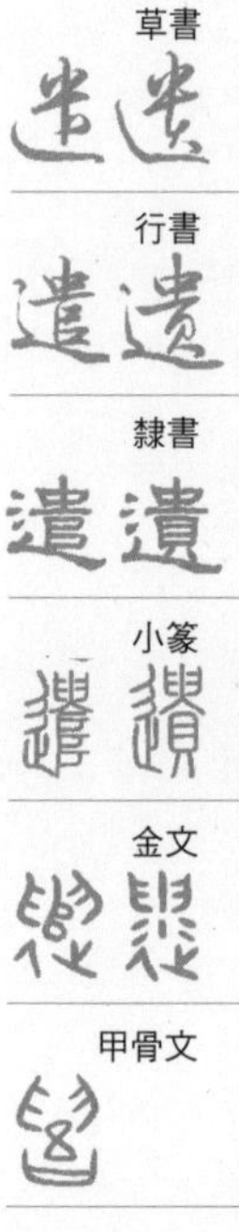

怎麼「遣」臭萬年？

✓這樣用就對了！

政治人物究竟會流芳百世，或**遺臭萬年**？時間是最公平的裁判，經過時間洗禮，對眾人福祉有貢獻者，才是真正的偉人。

例如，建立大蒙古帝國的成吉思汗，他的西征雖為中亞和西亞地區帶來苦難，卻打開東西交通，使中國的火藥、指南針、造紙術傳入歐洲，啟蒙了歐洲文明的發展。而法國拿破崙雖然**派遣**軍隊、發動戰爭，讓很多生靈受苦，但也因此摧毀歐洲封建制度，促進歐洲資本主義的發展。至今成吉思汗和拿破崙仍被世人視為英雄人物。

至於在軍事、政治上一樣表現傑出的希特勒，則是以殘忍手段屠殺六百萬猶太人，在二次世界大戰期間雖被尊為英雄，但現代人卻認為他是「獨裁者」、「屠夫」。

◯搞清楚弄明白

「遺」是個形聲字，本義是「失去」、「消亡」，《說文解字》說：「亡也。從辵，貴聲。」《廣韻》解釋此字為「失也」、「贈也」、「加也」。段玉裁的注解說《廣韻》提及的三個意思都是：「遺亡引申之義也。」比方說「不能遺忘」就是「不能忘掉」，但是後來還引申出「贈留」或「附加」等相反之意，比如說過度使用電腦所產生的「後遺症」，就代表電腦使用過當將會「加贈」給人「不良的後果」。

至於「遣」也是形聲字，《說文解字》說：「縱也。從辵，𦣻聲。」「縱」的意思是「派遣」。

因此，「遺」和「遣」在字形上雖相近，但意義完全不同。「遺」有「失去」和「留下」兩個相反的意思，例如「遺憾」、「遺言」、「遺跡」、「遺世獨立」都和「留下」有關。「遣」也有兩個意思，一是「差使」、「發派」，例如「工廠倒閉所以無預警遣散員工」就是「資方因為經營不善所以差使員工解散」。又如「遣詞用字」就是將原來發派軍人、部署軍力的本義引申為「文章創作」時構思和字詞的使用。二是「消除」之意，例如「藉著看電影排遣無聊」。

「遺臭萬年」這則成語，出自《世說新語・尤悔》，主角是東晉時代的大將軍桓溫。桓溫由於不得皇帝信任，必須受另一位將軍殷浩的牽制。後來殷浩被證明不是好將軍，桓溫也再度受到重用。他自四十歲以來三度北伐，經過種種困難，終告失敗。然而，回首前半生，桓溫很後悔自己過去的作為。他本想起義革命，不願臣服於東晉，但至今仍毫無作為，便發出這句感嘆：「既不能流芳後世，亦不足復遺臭萬載耶？」（既然不能建功立業流傳千古，那還不如立刻叛變殺主作賊。）

肆 ㄙˋ sì　肄 ㄧˋ yì

部首
聿 聿

筆畫
13 13

簡體字
肆 肄

草書

行書

隸書

小篆

金文

甲骨文

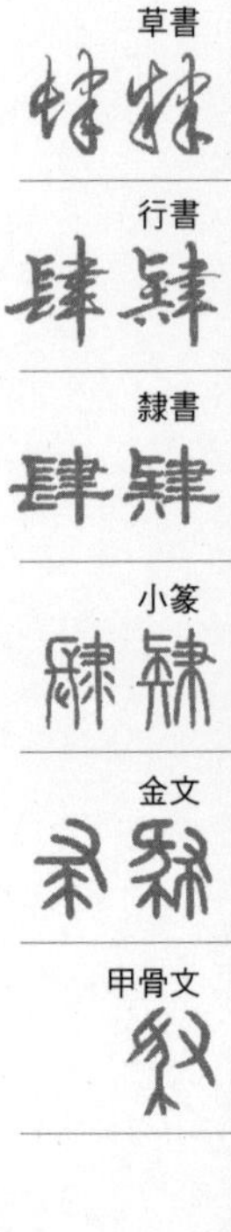

比爾蓋茲是哈佛「~~肆~~」業生

✓這樣用就對了！

近來受很多網友喜愛的網路社群「臉書」（Facebook），藉由跨國分享照片和多款熱門小遊戲，快速拓展至全球各地，其風潮引來各界**肆目**。很特別的是，其創辦人馬克．祖柏格，跟創辦微軟的比爾．蓋茲一樣，都是哈佛**肄業生**。

二〇〇四年，還在哈佛讀書的祖柏格，與幾位朋友臨時起意，為學校同學創立一個交換訊息的社交平臺。一個月內，臉書旺盛的人氣迫使它開放給其他美國名校加入，之後一路擴展到美加地區所有大學，然後是全球網路用戶，成為世界最大的社交網站。臉書所引起的熱潮至今未減，這股熱潮未來能繼續維持多久，也深受矚目。

○搞清楚弄明白

根據《說文解字》的記載，「肄」字的本義為「修習、學習」。「肄業」一詞相當常見，是指「學生進入學校修習課業」之意。此處的「肄」就是修習、學習之意。此外，肄習，是練習、學習；肄武，是練習武事；肄誦，是學習誦讀之意。這幾個詞語的「肄」，若寫成「肆」，就和原意有相當大的出入了。

而「肆」字的本義當解為「極力陳列」，《說文解字》說：「極陳也。从長，隶（音ㄉㄞˋ）聲」。段玉裁的注解是：「陳，列也。極陳者，窮極而列之也。」極，有窮盡、極致的意思。段玉裁又說：「經、傳有專取極意者，凡言縱恣者皆是也。」可見「肆」字在後來文獻的使用中，又引申出「放縱、恣意」的意思。如：恣肆、肆虐、肆無忌憚。肆還有極力、盡力的意思。如：肆目，是極目之意；肆心，是竭盡心力之意。

「肄」、「肆」二字在字音、字義上並無任何容易引起誤解的關連性，兩字之所以常被誤用，只是因為字形上的相似。實際上，兩字字形上的相似，也是經由一連串書寫演化的結果。兩字今日雖同屬於「聿」這一部首，但「肄」原本的字形並無「聿」這一偏旁，而是少了一筆畫的「聿」；而「肆」字其本來的聲符偏旁也是「隶」，而非今日所書寫的「聿」。

只要能稍微了解「肄」、「肆」這兩個字書寫演化的情況，相信在使用及辨識上就能夠輕易地區分出兩字的差異了。

崖 ㄧㄞˊ yái　涯 ㄧㄚˊ yá

部首	山	水
筆畫	11	11
簡體字	崖	涯
草書	崖	涯
行書	崖	涯
隸書	崖	涯
小篆	崖	涯
金文		
甲骨文		

不管天「崖」或海角，都要找到你

這樣用就對了！

當人陷入極度的絕望，總免不了胡思亂想，甚至有輕生的念頭。然而，一個適時出現的溫暖微笑，或許便能扭轉他們的一生。澳洲雪梨市郊有座「**自殺崖**」，陡峭的山壁面對一望無際的大海，宛如海角**天涯**的地勢，每年約有五十人選擇在此結束生命。

但是，一對住在懸崖附近的夫婦，五十年來在此勸阻自殺者，至今最少拯救了約一百六十人。他們從不給這些尋短的人忠告，僅是送上一個微笑，邀請對方來家裡喝茶。由於夫妻倆的義舉，也讓倆人得到「二〇一〇年度公民」的表揚。比起理性的建議或勸慰，溫暖的包容，反而更能使人重新萌生對生活的希望。

搞清楚弄明白

「涯」本義是水邊，是一個會意兼形聲字，《說文解字》說：「水邊也。从水从（音ㄧㄞˊ），厓亦聲。」也就是臨近河水的地方。後來「涯」字又有「邊」的意思，衍生出「邊際、界限」的引申義，如「生涯」、「苦海無涯」等詞彙。

至於「崖」是一個形聲字，《說文解字》說：「高邊也，从屵（音ㄋㄧㄝˋ），圭聲。」所謂「高邊」就是「高地陡峭的邊緣」。此外，從「高地陡峭」的意思加以引申，轉而形容人的性格孤高，如「崖異」、「崖然」。

「涯」與「崖」兩字雖然本義不同，但引申義有相通之處，再加上字形及字音近似，使用上確實很難區分，就連訓詁學大師王力，都將「涯」與「崖」兩字列為「同源字」（所謂「同源字」，據王力〈同源字論〉文中所定義：「凡音義皆近，音近義同，或義近音同的字，叫做同源字。」）

事實上，要能清楚區分這兩個字並不困難，只要從部首偏旁去進行聯想即可。「崖」字是山部，因此凡是要使用的詞語意義，涉及與高聳、陡峭相關的意思，都應該使用與山有關的「崖」字，如「山崖」、「懸崖」。而「涯」字是水部，古人認為天空與海水的空間感相似，同樣都是無窮盡的，因此「天涯」一詞，用的是與水有關的「涯」而非與山有關的「崖」。只要每次使用時，都能進行類似的聯想，相信應該能夠有效地減少誤用。

談到「涯」字，令人想起《莊子．養生主》有一段名言：「吾生也有涯，而知也無涯，以有涯隨無涯，殆矣。」意思是人的生命是有限的，而情識執著卻是無窮的，用有限的生命去追求無窮盡的情識執著，是危險的。

然而現代人多數已忘失《莊子》原意，只擷取「生也有涯，而知也無涯」，將「知」字誤解為知識、學問，把這兩句話解釋成：生命是有限的，而知識學問卻是無窮盡的，人用有限的生命去求取無窮盡的知識學問，怎麼可以有絲毫的懈怠呢？這種解釋雖不符合《莊子》的原意，卻巧妙地轉化為鼓勵人努力求知求學的話語，未嘗不可視為是詞語現代意義轉向的一個例子。

燕 ㄧㄢˋ yàn

雁 ㄧㄢˋ yàn

	燕	雁
部首	火	隹
筆畫	16	12
簡體字	燕	雁
草書	燕	雁
行書	燕	雁
隸書	燕	雁
小篆	燕	雁
金文		
甲骨文		

即便勞「雁」分飛，也要關心彼此

這樣用就對了！

情人相處，往往是在交往初期最恩愛甜蜜，若沒有好好經營這段關係，時日一久，感情逐漸淡薄，終究免不了**勞燕分飛**。旁人霧裡看花，當事人卻因問題累積太久太多，想解釋又不知該從何說起。

美國前副總統高爾夫婦，結婚四十多年，給外界的印象一向是夫妻情深。如今突然傳出離婚消息，立刻成為華府的爆炸性新聞。高爾是否從此成為**斷雁孤鴻**，一時間成為媒體關注的焦點。

很多人不明白，為何看起來感情這麼好的一對，也會有分居的一天？不過，與其為他人的感情變化唏噓，不如好好關心身邊真正在乎你的人，才是維繫甜蜜關係的良方！

◯搞清楚弄明白

「燕」是擁有白色肚子、黑色羽翼的鳥類。《說文解字》說：「燕，玄鳥也。」現今流傳的《說文解字》段玉裁注本，「玄」皆作「元」，這是因為清聖祖康熙名玄燁，清人為了避皇帝的名諱，而將玄字改為元字。「玄」在這裡是「黑色」的意思，因此「玄鳥」即「黑鳥」，指的便是生活常見的燕子。

「雁」則是一種水鳥，經常在水邊活動，牠的外形介於鴨、鵝之間，是鴨科動物。雁鳥經常是雄鳥與雌鳥一同出雙入對、形影不離，人們熟知的鴛鴦即屬於雁的一種。

「燕」及「雁」都是候鳥，會隨季節變化南遷北移。然而，在我們經常使用的成語中，究竟是「勞燕分飛」？還是「勞雁分飛」呢？

宋代郭茂倩編纂的《樂府詩集》中，有一首名為〈東飛伯勞歌〉的古樂府說道：「東飛伯勞西飛燕。」後人就以「勞燕分飛」來形容親人或朋友別離。「勞燕」是指伯勞及燕子兩種鳥類，所以使用這個成語時，就應當用「勞燕分飛」，而不是「勞雁分飛」。

《莊子．齊物論》說：「毛嬙、麗姬，人之所美也。魚見之深入，鳥見之高飛，麋鹿見之決驟。四者孰知天下之正色哉？」這段話的意思是說，毛嬙與麗姬都是人人稱羨的美女。然而，魚看見了她們卻沉入水裡，鳥見著了她們卻高飛離去，麋鹿遇上了她們也是奔走而去。莊子用這段話比喻世間沒有絕對的美醜，一般人以為美麗的人事物，並非萬物也都這麼認為。

後來，唐人宋之問的〈浣紗篇〉寫道：「鳥驚入松蘿，魚畏沉荷花。」藉以用來形容王昭君及西施的美麗。漢代王昭君與單于和番，身處北方大漠，每當見到南飛的雁群，就會讓她思念起南方的家鄉，因而彈奏起故鄉的曲調，沒想到天上的鳥兒見到美麗的王昭君，竟忘了拍動翅膀而落入松蘿林間。春秋時代越國的西施，每天都要到溪邊浣紗，水裡的魚兒見到婀娜多姿的西施，卻也忘記游水而緩緩沉入水中。後人就以「沉魚落雁」這則成語，形容極美麗的女子。

仰 ㄧㄤˇ yǎng　抑 ㄧˋ yì

	仰	抑
部首	人	手
筆畫	6	7
簡體字	仰	抑

草書
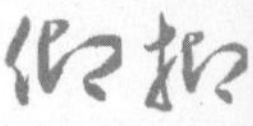
行書
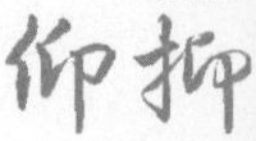
隸書
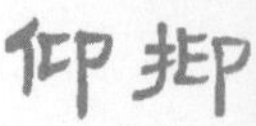
小篆
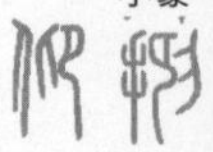
金文
甲骨文

他的德行令人「抑」之彌高

✔這樣用就對了！

中國大陸中央電視臺二〇〇六年推出「百家講堂」節目，邀請學者為觀眾講解古代經典。一位以個人觀點詮釋《論語》的學者于丹，因此一炮而紅，成為暢銷作家，風靡老少。有論者認為，她在媒體大出鋒頭的形象，跟孔子令人**仰之彌高**、卻又**謙抑**自持的德行相差甚遠，但這絲毫不影響于丹的名氣。

然而，二〇一〇年于丹與孔子七十五代孫合作的四本書，卻爆發侵權爭議，雙方各執一詞，僵持不下。若孔子地下有知，恐怕也會感慨萬千吧！

○搞清楚弄明白

「抑」的本義是指「按印」的動作，初文字形是印章的「印」反寫而成，在《說文解字》中的初文為「𢑏」，其義為：「按也。」段玉裁注解說：「按當作按印也。按者，下也。用印必向下按之。故字從反印。」

後人在「卬」的初文加上「手」做為偏旁，而成現行的「抑」字。引申為所有關於「按」之意的通稱，例如「抑下」指壓抑在下者，「抑制」指壓制，「抑止」指遏止，「抑阻」指阻止。抑還有有「損也、貶也、退也」的意思，如「貶抑」、「抑退」、「抑黜」。

「仰」的本義為舉首望，《說文解字》說：「舉也。从人卬（音ㄤˊ）。」段玉裁注解：「與卬音同義近，古卬仰多互用。」後由本義引申為「仰仗」，指仰求於人而依賴之，「仰之」指傾慕。《孟子．盡心上》說：「仰不愧於天，俯不愧怍於人。」岳飛〈滿江紅〉詞說：「仰天長嘯。」都是使用仰的本義。至於《論語．子罕上》：「顏淵喟然嘆曰：『仰之彌高，鑽之彌堅。』」這是顏淵表達對孔子的仰慕之情。司馬遷《史記．孔子世家》用「高山仰止」表達對孔子的景仰。此處的「仰」都有「仰望」、「敬慕」之意。

「抑」音ㄧˋ，「仰」音ㄧㄤˇ，兩字在口語表達上誤用的情況不多，反而是因為字形相近容易寫錯。「抑」和「仰」都作為動詞使用，「抑」指手往下壓的動作，「仰」則是頭往上舉的動作，其本義差別很大。但由於寫成楷書後兩字的差異僅在部首「人」、「手」的不同，而造成現行楷書書寫的混淆，例如將「壓抑」寫成「壓仰」，將「仰仗」寫成「抑仗」。

這樣的錯誤是會貽笑大方的。簡單的區別是「仰」是从「人」，「抑」是从「手」，亦即「仰」指舉頭的動作，而「抑」則是指手部下壓。

瑩 ㄧㄥˊ yíng　螢 ㄧㄥˊ yíng

部首	火	玉	虫
筆畫	14	15	16
簡體字	荧	莹	萤
草書	熒	瑩	螢
行書	熒	瑩	螢
隸書	熒	瑩	螢
小篆	熒	瑩	螢
金文			
甲骨文			

啊！好漂亮的「~~瑩~~」火蟲

這樣用就對了！

最近幾年，賞螢活動盛行，各地並進行**螢火蟲**復育計畫，像南投埔里魚池鄉蓮華池地區，因護溪、螢火蟲復育及森林保育成功，每到四月底，螢火蟲如天上繁星降落人間，令賞螢客讚嘆如入仙境。

為了讓臺北都會區民眾也能看見螢火蟲在草叢間閃爍，位於臺北市的榮星花園，耗費十年復育。可是因為螢火蟲需要封閉且人為干擾較少的環境，然而榮星花園卻是位處鬧區，人潮多、光害也多，對螢火蟲造成生存壓力。如今雖已能見零星的螢火蟲飛舞，但想重現往昔夏夜螢光滿天，若**明星熒熒**的盛況，恐怕還得再等上一段時間。

熒

ㄧㄥˊ

yíng

○搞清楚弄明白

「螢」字本指一種會飛、腹部會發光的昆蟲，《禮記．月令》裡記載：「季夏月，腐草為螢。」東漢經學家鄭玄解釋：「螢，飛蟲，螢火也。」由此可知，「螢」就是我們今天所稱的「螢火蟲」。而「瑩」字指的是玉石所發出的光亮色澤，或者另一種說法是指質地較玉為差的石頭，《說文解字》說：「瑩，玉色也。从王，熒省聲。一曰：石之次玉者。」至於「熒」字，則指蠟燭或油燈所發出的亮光，《說文解字》說：「熒，屋下鐙燭之光也。从焱（音ㄧㄢˋ）冂。」

由於「螢」、「熒」、「瑩」三字在形體上很相近，在意義上也都與「亮光」的意思相關，因此使用時容易產生誤用，例如把「晶瑩剔透」寫成「晶『螢』剔透」。或者反過來把「螢火蟲」寫成「『瑩』火蟲」或「『熒』火蟲」，那麼整個意思就完全不一樣了。書寫時務必仔細區別，千萬不要搞混了！

現今臺灣與大陸兩岸之間，由於書寫習慣的不同，在文字使用上有時會出現相異的情況，例如臺灣所稱的「螢光幕」或「螢光粉」等，大陸地區寫成「熒光幕」（簡體字：荧光幕）或「熒光粉」（簡體字：荧光粉）。而這一類的例子，應是屬於文字書寫習慣的差異。

談到「螢火蟲」，有句成語叫做「囊螢積雪」，其中「囊螢」指的是東晉時代車胤利用螢火蟲所發出的光亮刻苦讀書的故事。根據《晉書．車胤傳》的記載：「胤恭勤不倦，博學多通。家貧不常得油，夏月則練囊盛數十螢火以照書，以夜繼日焉。」

這段話意思是「車胤這個人好學不倦，博覽群書，因此學問淵博。可是他因為家境貧窮，常常買不起燈油，所以就在夏日的夜晚，捕捉數十隻螢火蟲，放入布袋內，藉由螢火蟲所發出的亮光來照明，夜以繼日、勤奮不息地苦讀。」這種面對貧窮困窘的環境，而仍刻苦勤學的精神，值得現今年輕學子學習、效法。

至於「積雪」，是晉人孫康的故事。孫康非常好學，家境清貧，買不起油燈，冬天經常映著白雪讀書。

關於「螢火蟲」，有句歇後語「雞吃螢火蟲」，意指雞把螢火蟲吃下肚以後，螢火蟲在雞的肚子裏發光，所以有「心知肚明」的意思。另外，「螢火蟲」本身也是一個謎題喔！請你動動腦，從「螢火蟲」猜一中國地名，不知你想到了嗎？

……………………………………………………

謎底：昆明。[1]

1 資料來源：網址：miyu.911cha.com

贗 ㄧㄢˋ yàn　膺 ㄧㄥ yīng

	贗	膺
部首	貝	肉
筆畫	22	17
簡體字	赝	膺
草書		
行書		
隸書		
小篆		
金文		
甲骨文		

義憤填「贗」！氣假的嗎？

✓這樣用就對了！

渡邊謙和章子怡主演的電影《藝伎回憶錄》，評價雖然褒貶參半，卻影響了一名澳洲女子的人生。片中的女主角因家貧，年幼時被賣去當藝妓，令看完這部片的她，產生「難道日本文化真的是這樣」的疑問，因而決定改變人生方向，到日本學習當藝妓。

經過刻苦的學習，這位頂著博士學位的「洋藝妓」，於二〇〇七年正式出道，藝名「紗幸」。時常因為外國人對藝妓的偏頗印象而**義憤填膺**的她，為了完成讓國際社會正確了解藝妓文化的夢想，不僅架設英文網站，也到大學兼課，希望人們重新看待這項日本傳統文化。

○搞清楚弄明白

「膺」字的本義就是指「胸部」，後來引申有「胸中、內心」的意思，例如：

「服膺」、「氣憤填膺」等。許慎《說文解字》的解釋是：「膺，匈也。从肉雁聲。」其中「匈」是「胸」這個字的古字，現今都寫成「胸」。之後又引申出「承擔、擔當」之意，例如：「榮膺」、「膺選」等。

至於「贗」字，是「偽造不實的物品」，例如：「贗品」，《說文解字》雖未收錄，但宋代《廣韻》說：「贗，偽物。」由於在漢字形體中，「鳥」跟「隹」往往可以互通，因此「贗」也可以寫作「贋」。簡體字的寫法則都是從「隹」而寫作「赝」。

由於「贗」字也可寫成「贋」，字形上與「膺」字接近，因此在書寫上常有誤用的情形，例如「贗品」常被寫成「膺品」。從另一個角度來說，「膺」字也常被誤寫成「贗」字，如把「服膺」、「榮膺」、「義憤填膺」等寫成「服『贗』」、「榮『贗』」跟「義憤填『贗』」。

其實就字義及字形來看，「膺」指「胸部」，故字形的下半部當然從「月（肉）」；「贗」既是指偽造的物品，字義上與財物有關，字形的下半部也就從「貝」。在書寫時，只要記住它們之間字義上的差別，進一步去推敲，就不會弄錯了！

成語「義憤填膺」，實際上是由「義憤」與「填膺」組成。其中「義憤」出自范曄寫的《後漢書》：「漢室中微，王莽篡位，士之蘊藉義憤甚矣。」西漢末年，漢室權力衰微，致使王莽篡奪王位。當時的文人對這件不義之事，心中都很憤恨不平。至於「填膺」，則見於南朝梁江淹的〈恨賦〉，其文句為：「置酒欲飲，悲來填膺」，描寫戰國時期，趙王被俘虜後想藉酒澆愁，卻反而是悲憤之情填滿胸中。

後來這兩個詞語被合併使用，就成了「義憤填膺」，指一個人因為正義不得伸張，因而胸中滿是激憤不平。

東漢桓帝時，有一位著名文人叫做「李膺」，根據《後漢書．黨錮列傳》記載，當時朝政敗壞，李膺因個性耿直，不畏宦官權貴，具有很高的聲望，被譽為「天下模楷李元禮」。士大夫之中，能夠被李膺賞識、接待，是莫大的榮譽，而被稱為「登龍門」。可惜在東漢靈帝時，他因為和陳蕃、竇武密謀誅除宦官而遭到殺害。

羸 ㄌㄟˊ léi　贏 ㄧㄥˊ yíng

部首：羊　貝
筆畫：19　20
簡體字：羸　赢
草書
行書
隸書
小篆
金文
甲骨文

「羸」了之後，就會「弱」嗎？

✓這樣用就對了！

二〇一〇年世足賽最紅的動物，莫過於章魚哥「保羅」了。這隻英國出生、在德國水族館長大的章魚，自二〇〇八年開始進行歐洲盃賽事預測，準確率便高達八成。對世界盃的**輸贏**，章魚哥更是算無遺策，讓牠一時聲名大噪。

不過，在四強賽德國對西班牙之戰，章魚哥預測德國會輸，沒想到德國竟真的輸球，讓眾多德國球迷恨得牙癢癢的，揚言要把「保羅」烤來吃，臺灣球迷則是以吃章魚燒洩憤。然而，章魚的平均壽命只有二到三年，下屆的世界盃恐怕「保羅」已壽終正寢，是否有其他章魚能繼承「保羅」神準的預測絕技，全世界都拭目以待。

○搞清楚弄明白

「羸」字本義是瘦弱的畜羊，後來轉而引申為人的身體瘦弱，《說文解字》

說：「羸，瘦也。」《資治通鑒．唐紀》說：「皆羸老之卒。」《左傳．桓公元年》說：「請羸師以張之。」「羸師」指老弱殘兵。於是貧弱之民稱「羸民」，衰弱生病稱「羸病」、「羸疾」，衰弱的老人稱「羸老」。

至於「贏」的意思就是商人作生意有盈餘，能獲利。《說文解字》說：「贏，賈（音ㄍㄨˇ）有餘利也。」《左傳．昭公元年》說：「賈而欲贏，而惡囂乎？」從事商業行為需廣結人脈，才可謀取最大利益，因此對於對方放肆傲慢的態度，必須包容，以維持良好的人際關係。張衡《西京賦》說：「鬻者兼贏，求者不匱。」商業行銷就是掌握「人」的心理，掌握消費者的需求，資源自然不虞匱乏。

「羸」、「贏」兩字常因為字形相近而誤寫。如果能記得：一、「羸」的部首是羊，本義是瘦弱的羊，引申有瘦弱之意。例如，「羸弱」。二、「贏」的部首是貝，在鑄鐵技術未成熟的時代，貝往往當做貨幣使用，因此引申為投資生意而獲利。

「贏」後來引申為「勝利」，原本應與「弱」扯不上關係。只是若以物質決定論來看，人類歷史就是一段互爭勝負的過程。於此過程中，又講求兵不厭詐，《孫子兵法》便教人掌握各種利益的矛盾，進而出奇致勝。《老子》主張，自然規律必然盛極而衰，因此人須效法自然的規律，去除人為的妄作，才不會因執著而痛苦，這是一種高明的處世智慧。

但是《韓非子．解老》卻以權謀角度解析《老子》，認為人性以勝利、獲利為「正」道，反之則為「負」，若想擊敗對手，就必須先設法給予小小的勝利以誘敵，然後出其不意，攻其不備。「贏弱」雖然在字義上是誤用，但若由此哲理看來，失敗不僅為成功之母，「贏」而不能持盈保泰，或許也是「贏弱」（輸）的開端吧！

綱 ㄍㄤ gāng　網 ㄨㄤˇ wǎng

部首
糸　糸

筆畫
14　14

簡體字
纲　网

草書
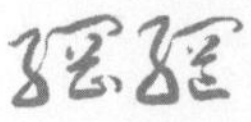

行書
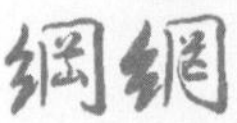

隸書
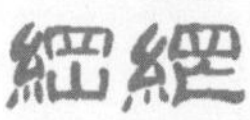

小篆

金文

甲骨文

「綱」域名稱中文化不是夢

✓這樣用就對了！

現代人不論辦公或休閒都離不開**網路**，不過，由於網際網路源自西方，使中文網站也必須採用英文網址，這對使用中文的人，實在不方便。然而，網域名稱中文化，如今已不再是夢想。

國際網際網路名稱指配機構（ICANN）於二〇一〇年六月通過「.臺灣」、「.中國」、「.香港」三個簡、繁體網域名稱，待正式啟動後，華人可直接用中文申請網址，像臺灣交通部，中文化後只需輸入「交通部.臺灣」，便能直接連到交通部首頁。這項措施不僅能讓全球約十億華人網友受益，更象徵中文在世界的影響力進一步擴大。

○搞清楚弄明白

「網」和「綱」兩字在「字義」範圍上有大小的關聯，「網」是「繩線製作而成的有孔的工具」，範圍比較大；「綱」是「網之大繩」，引申為「事物的要領」，範圍就縮小許多，也較為特定。

「網」在《說文解字》裡要查「网」部，和現在字典要查「糸」部，是有差距的。根據《說文解字》：「庖犧氏所結繩以田以獵也」，「網」是「用繩線結成有孔的工具」，功能是「用來種田打獵，捕撈動物」。本來的字形沒有「亡」，也沒有「糸」，後來加了「亡」表「音」，加了「糸」表「意」，造成今日出現的「網」字形。

「綱」的本義是「網的總繩」，引申為「對事物起決定性作用的要素」，《說文解字》說：「罔紘也。從糸，岡聲。」段玉裁注：「各本作維紘繩也」，「紘」是帽子纏繞下巴的絲帶，下巴在身體當中處於最重要的「頭部」，所以引申為「最重要」的地方，多半是指和「倫理、國家、法律」有關的重大項目或概念。

「綱」還有幾個意思，一個是「文章的主要部分」，例如寫文章前應該先擬「大綱」。還有一個引申義是「秩序」，例如《史記．淮陰侯列傳》說：「秦之綱絕而維弛，山東大擾，異姓并起，英俊烏集。」意思是秦代末年，社會「失去秩序」，所以「英雄」紛紛在亂世中聚集起義。

「網」通常當名詞，若作動詞用，也有「搜求」的意思，例如「網羅」。較為著名的成語則是「網開一面」，典出《史記．殷本紀》。商朝的始祖湯，有一天來到郊外，看見四面都是捕獸的大網，巫祝說：「四面八方的事物都進入我的網中吧。」湯覺得這樣太殘忍，命令把其中三面網拆掉，巫祝只好改口：「想去左邊的就去左邊，想去右邊的就去右邊，不要命的才進入我的網中。」

諸侯聽聞此事，每個人都對湯刮目相看。湯對動物都能如此慈悲寬大，更何況是對待人民呢！因此「網開一面」後來表示對於犯罪者「從寬處理」的厚道。

撰稿者名單

孔令宜
察和查、生和身

王瑜楨
陡徒徙、各和個、煥和渙

李中然
拼和拚、眶和框、潛和僭、燕和雁

李珮瑜
抱和報、辨辯辦、秉和稟、蓬和篷、奮和憤、厲礪勵、積績蹟、據和劇、卷和券、趨和驅、暇遐瑕、逐和遂、恥和齒、在和再

林玉玫
班和搬、繆和謬、釜和斧、斐裴斐蜚、掉和調

林彥邦
宿夙素

柯詩安
遍和篇、糜和靡、摩和摹、煞和剎

高翊軒
輟綴掇啜、爍和礫、攢和鑽、贏和羸

張巧瑜
惕和剔、泠和冷、迴徊迥、青和輕

張禮輝
椿和樁、仰和抑

陳雅玲
緋和誹、途和塗、濫和爛、息和習

陳惠鈴
名和明、瞑和冥、緬和湎、饗和響、釋和譯

陳頤真
眨和貶、煩繁凡、遺和遣、網和綱

黃子純

滔和濤、履和屨、眩和該、姍和珊

黃韋云

潦和撩、墜和墮

曾昱夫

部和步、密和蜜、魅和媚、盲和肓、眈和耽、腦和惱、故和固、軌和詭、貨和貸、疾和急、菅和管、須和需、瞻和贍、振和賑、瞠和瞋、崇和祟、首和手、作和做、粟和栗、螢瑩熒、膺和贗

詹孟蓉

沒和默、戴和帶、題和提、唾和垂、愾和慨、牽和遷

賴靜玫

潎和蔽、湍惴揣喘、括聒刮、僅和儘、輒和轍、攝和懾

謝乙德

覆和複、茁和拙、肄和肆、涯和崖

魏敏慧

偕和諧、炙和熾

索引

LEARN系列003

每日二字——這樣用就對了！

作　　者—淡江大學中國文學學系
責任編輯—楊玲宜
責任企劃—顏少鵬
校　　對—李惠勤、楊玲宜、譚玉昕
「這樣用就對了」小故事撰寫—譚玉昕
封面設計—鄭宇斌
內文排版—吳雅惠
董 事 長
發 行 人—孫思照
總 經 理—莫昭平
第二編輯部
總 編 輯—李采洪
出 版 者—時報文化出版企業股份有限公司
10803臺北市和平西路三段二四〇號四樓
發行專線—（〇二）二三〇六—六八四二
讀者服務專線—〇八〇〇—二三一—七〇五
（〇二）二三〇四—七一〇三
讀者服務傳真—（〇二）二三〇四—六八五八
郵撥—一九三四四七二四時報文化出版公司
信箱—臺北郵政七九～九九信箱
時報閱讀網—http://www.readingtimes.com.tw
電子郵件信箱—newstudy@ readingtimes.com.tw
法律顧問—理律法律事務所陳長文律師、李念祖律師
印　　刷—盈昌印刷有限公司
初版一刷—二〇一〇年九月六日
一版三刷—二〇一〇年十月二十七日
定　　價—新臺幣二八〇元
⊙行政院新聞局局版北事業字第八〇號

國家圖書館出版品預行編目資料

每日二字——這樣用就對了／淡江大學中國文學學系作.
-- 初版. –
臺北市：時報文化，2010.09
面； 公分
ISBN 978-957-13-5263-3〈平裝〉
1. 中國文字 2. 錯別字

802.29　　　99015374

ISBN 978-957-13-5263-3